傾《けい》城《せい》異《い》聞《ぶん》

中村円香
NAKAMURA Madoka

文芸社

紀元前七八〇年、中国。

この年、関中（渭水盆地《いすい》）の大地が揺れた。

地震は周の西に位置する岐山《きざん》の峰をも揺るがし、大規模な崩落が起こった。崩れ落ちた土砂は黄河の上流の涇水《けいすい》、渭水、洛水《らくすい》の三つの川の流れを堰きとめ、やがていずれも干上がってしまった。

「なんということであろうか。これは天地の気が秩序を失ったしるしである。その原因は天下が乱れているからにほかならない。おそらく周はあと十年ももたないであろう」

周の賢人・伯陽甫《はくようほ》はこう言って嘆いた。

一見平穏に見える周王室に、崩壊の足音はひたひたと近づきつつあった。

◆

ある日の早朝、周王宮涅《きゅうでつ》は宮中の庭を一人散策していた。

父の諡号《しごう》は宣王と決まった。

傾きかけた国の立て直しに尽力した父にふさわしいものだ、と宮涅は思う。

果たして自分にはどんな名が贈られるのか。

父が亡くなって三年が経ち、ふとそんなことが頭をよぎった。

夏《か》王室、殷《いん》王室に取って代わり、鎬京《こうけい》に都城《とじょう》を建てこの中原《ちゅうげん》（古代中国の中心で黄河中下流域の平原地帯を指す）に君臨する周王室。そこに生まれたものの、自分には父や先祖である歴代の王たちのような武勇も知略もない。それでも王の椅子に座り続け、無難に日々を過ごせば、後世の人々はそれなりの評価をしてくれるかもしれない。

父の代には不穏な仲であった申侯も、娘を后に差し出してからは自分を積極的に補佐してくれる。申侯や父の代からの忠臣尹公《いんこう》といった臣下が、少なくとも自分よりは政《まつりごと》をそつなく進めてくれるはずである。

后も朗らかで賢く、美女の誉れが高かった。そして早々に男児をもうけ、次代の安泰までも約束してくれている。当時自分が太子という地位になければおよそ得られなかった縁である。そう、自分の周囲には心配することは何一つない。

しかし、このままで自分はよいのだろうか。

周王家の人間として生まれ、何か自分ひとりの力で成せることはないのだろうか。そんなことをぼんやりと考えながら、宮涅は早朝の庭をそぞろ歩く。

こんなに早く目が覚めたのは久しぶりである。何もかもが静謐の中にある。冷ややかな朝霧が顔をなで、目覚めたばかりの頭を冴え冴えとさせてくれるような気がした。明るくなりかけた庭内をぐるりと見渡す。

と、それは突然視界に現れた。

一人の女が木の下にたたずんでいる。薄絹を頭からかけ、その目ははるか彼方を見ているようだった。

整った身なりから奴隷や下女でないことはわかった。しかし、女官だとしてもこのような女が後宮にいただろうか。宮涅に思いあたる節はなかった。

ひと目顔を見てみたいという衝動に駆られ、宮涅はゆっくりと女に近づいた。しかしあることに気づき、その歩みを止めた。

女は泣いていた。

嗚咽を漏らすわけでもなく、顔を歪めるわけでもなく、ただただ静かに涙だけを流していた。

なんと美しい、と女に聞こえぬよう宮湦はつぶやいた。女の泣くさまがこんなに美しく儚いと思ったことはなかった。

しかしよくよく思い返せば、宮湦は女の泣く姿をあまり見たことがない。女は誰しも自分を見れば、笑みを振りまくものだとすら思っていた。泣く女といえば、失態を犯し罰せられた下女くらいしか思いだせない。記憶の中のそれは、美とは無縁の光景だった。

もしや自分があまり女の涙を知らぬゆえ、その女が美しく見えるのかとも考えた。しかしそうは思っても、女から目を離すことができない。まるで魅入られたかのように宮湦は女に見とれていた。

どのくらい時がたったのか、陽は徐々に高くなりはじめていた。そのまぶしさに耐えられなくなったかのように、女は薄絹で顔を隠しその場から立ち去ろうとした。

「そこの者、待て」

宮湦は大声で制した。今この女を見失ったら、もう二度と会えない。まるで光の中に溶けて消えていってしまうのではないか。そんな不安すら抱いていた。

　女はぴくりと肩を震わせ、そして居心地が悪そうにその場にとどまった。宮涅を警護の兵か何かと勘違いしたのか、薄絹をさらに深く被り、目を合わせぬようううつむいている。

「そう恐れなくともよい。ここで何をしていたかは問わぬ。しかし、名だけは聞いておきたい」

　そう言って宮涅は女に近づいた。女は恐縮しているのか、気が進まないのか、なかなか口を開かない。

　宮涅は薄絹越しに女の顔をつくづくと眺めた。後宮の女にしては地味な身なりだが、透けるような肌が見て取れた。

「名乗るまでは帰ってはならぬ」

　そう宮涅に促されると、女はふっとため息をつき弱々しい声で答えた。

「こちらでは褒姒《ほうじ》と呼ばれております」

その夜、寝所にやってきた褒姒は朝と変わらぬ様子で、ただうつむいて宮涅の前に立つばかりだった。宮涅は不可解な面持ちでそれを見つめていた。

これまでも寝所に申后以外の女を何人か呼んだ。たとえ召されたのが一度きりであっても、王の手付きの女として周囲から厚遇を受けられる。それゆえ女たちは満面に笑みをたたえ、この場にやってきた。しかしこの女は違う。どこか謎めいた女だった。

普通の男ならばこんな陰気な女など相手にしたくないと思うところであろうが、逆に宮涅は興味をそそられた。

「ここにはいつからおるのだ」

宮涅は女をおびえさせないように、できるだけ穏やかに語りかけた。

「三年ほど前になります」

「三年ほど前というと、父が亡くなったころだな」

「はい。先代様のもとへ行くのだと聞かされておりました」

「しかしここに来てみたものの、父は亡くなっていたあとだったということだな」

この女を今まで見たことがなかったのはそういうことか、と得心がいった。父の崩御にともなうさまざまな儀式とその後の喪の期間。それらに紛れてこの貢物は宙ぶらりんになっていたのだろう。

受け取るはずの人間はすでに亡く、かといって送り主に突き返すわけにもいかない。喪が明けてから処遇を決めるためいっとき宮中に置かれたのだろう。喪が明けてから自分に目通りさせようとしたのか、それとも父王のもとによこされたのだから父の後宮の女たちと一緒に留め置くだけのつもりだったのか、はたまた三年の歳月のうちにすっかり忘れてしまったのか。臣下がこの女をどう扱おうとしていたのかはわからない。しかし宮涅が偶然それを見出した。

父王宛とはいえ元々は周との交誼を結ぶため、すなわち周王室宛の貢物と同じこと。ならば、父の跡を継いだ私がもらい受けても差し支えあるまい。

宮涅は心の中で自身を納得させた。

そういえば、最初名乗ったときに、この不思議な物言いをしていた。

「一つ聞きたいのだが、今朝はなぜ『褒姒と呼ばれている』と申したのだ」

後宮の女は自分のいた国の名を取って呼び名を決められていた。すなわち「褒姒」という名は褒出身であることを示している。普通であれば、その呼ばれ方に違和感を覚えることはまずないはずである。

「私は褒の人間ではございませんゆえ」

「では本当はどこの者なのか」

「それは私にもわかりませぬ」

「それは一体どういうことなのか」

褒姒は押し黙ってしまった。あまりに一度に多くを聞き過ぎたせいだろうか。それでも宮涅は褒姒の話を聞きたくてたまらない。この女がなぜこんなにも所在なげなのか、なぜこんなにも儚げなのか、その訳を知りたいと思っていた。それは、宮涅が初めて持った、他人への純粋な興味であった。

「褒姒よ、余はそなたの助けになりたいと思っておる。ほかの者には話せぬことも、余には教えてはくれぬか」

「今朝お会いしたばかりでございます」

「いつ出会ったかなど関係ない。それに余はこの国の王だ。力になってやれよう」

褒姒の目から涙がはらはらとこぼれた。それきり褒姒はその夜は一言も語ることはなかった。

宮涅は次の日も、その次の日も褒姒を召し、粘り強く、褒姒が口を開くのを待った。それと同時に、自分がこんな熱意を秘めていたことを初めて知り、隠れていた一面に驚いてもいた。

毎晩褒姒を自分のもとに呼びよせ、時間をかけ宮涅は褒姒の生い立ちやここに来るまでのいきさつをようやく聞きだすことができたのであった。

◆

私は褒で奴隷の子として育ちました。

父と母には「雨《ゆい》」と呼ばれておりましたが、まわりでそう呼んでくれる人はおりませんでした。「余所者《よそもの》の子」というのが私の通り名でございました。

自分には呼び名が二つあると子どものころは思っておりました。ですが「余所者」という言葉の意味がわかるようになるにつれ、自分がなぜそう呼ばれるのか不思議に思いはじめました。

私は褒しか存じませんし、外に出たこともございません。きっと父と母が他国からやってきたのだろうと考えましたが、それを両親にたずねることはいたしませんでした。二人が悲しむのではないかと子どもなりに考えたからでございます。それに、両親のことはおいても、この土地で育った自分はいつか受け入れてもらえると信じていたからでございます。

でも何年たっても私は「余所者の子」のままでございました。

実を申しますと、父にはあまり思い出がございません。膝の上にのせてもらったことも、笑いかけてもらったこともございません。私と目が合うと顔をそむけ、「この厄介もんが」と小声でつぶやいていたことくらいしか覚えておりません。

それでも母だけは優しくしてくれましたので、淋しさや悲しさをどうにかおさえて暮らすことができました。

私たちの住んでいた邑《ゆう》の子どもは兵士長のご子息の忠《ちゅう》という子が中心になり、男の子たちは狩りの真似や戦ごっこに興じるのが常で、私はあるときは獲物としてあるときは敵兵として狙われることがしばしばございました。捕まれば縄で縛られ引き立てられるように道を歩かされます。ですから用事を言いつけられて外に出るときは、あの子らに会わないよう、遠回りをして隠れるように行き来したこともございました。

ある日私は帰るのがたいそう遅れたことがございました。きっと母はいろいろと気がついていたのでございましょう。泣きそうだった私をそっと抱きよせて「つらい目に遭わせてすまないね」と言ってくれました。

外に出たくはありませんでしたが、家が貧しいので私が水汲みや薪拾いをしないわけにはまいりません。しかし母は何が私に起こっていたか察して、いたわってくれている。それがわかっていたので耐えることができました。

思えばあのころが今までで一番幸せだったのかもしれません。

私が八つのとき、村をはやり病が襲い、母がかかりました。

母が病にかかった時に父は、

「どうしてお前じゃねえんだ」

と私をなじりました。自分でもそう思いました。なぜ私ではなく母なのだろうと。

その日から私はずっと母の傍らで看病を続けました。看病と言いましても私にできるのは汗を拭くくらいでございます。薬などもちろんございませんでした。

一日また一日と、母は目に見えて弱ってゆきました。私はもし母が死んでしまったらと考えると怖くて怖くてたまりませんでした。しかし、そんな私を見て母は、

「あんたがいてくれてよかった。あんたは絶対に死んじゃいけないよ」

と、私の手を握り力なく笑ってくれました。

母の言葉を聞いたのは、それが最後でございました。

次の日の夕方、今までゼイゼイと息をしていた母の息づかいが急に穏やかになりました。もしかして治ったのだろうかと母に声をかけました。しかし返事はございませんでした。息は穏やかになったのではなく、徐々に細くなっていたのです。

まるで母の息づかいが目に見えるかのように、スースーという音はだんだんと細くゆっくりになり、やがてすじ雲の切れ端のように宙に溶けていきました。

母は死んだのだと悟ったとき、私は悲鳴のような声を上げておりました。そのあとのことははっきりとは覚えておりません。しばらくたって帰ってきた父が母に駆け寄り、

「なぜちゃんと看ていなかった。おまえが殺したんだ」

と私を怒鳴りつけたとき、ようやく我に返りました。自分がもう少ししっかりしていれば母を救えたかもしれないという思いにさいなまれ、その日は父も私も夜が更けるまで泣き続けました。

朝になり、私は父と二人で村から少し離れた丘の木の根元に母を埋める穴を掘りはじめました。

そのころ邑のあちこちでは、やはりはやり病でばたばたと人が亡くなっており、余所者親子のことを顧みてくれる人などおりません。もっとも、病などはやっていなくても、余所者とさげすまれた私たちには母の埋葬を手伝ってくれる人などいなかった

かもしれません。でも、みんな大変なときだからしかたないのだ、と私はどうしても思いたかったのです。

穴を掘る間、父は何も話しませんでした。ただ唇を噛みしめ、黙々と穴を掘っておりました。私も父に怒鳴られまいと必死で手伝いをしました。

穴ができたころには、もう陽は高く昇っておりました。穴に母を横たえると父は、

「こんなところで死なせてしまった」

と険しい顔でつぶやきました。そして考え事をしているのか、傍《かたわ》らにいる私には目もくれず母の亡骸《なきがら》を見つめてなにかをつぶやいておりました。二人とも母から離れがたく、土をかぶせたのは結局陽が傾いてからでございました。

夜、床に入ってから泣く私を、父は「うるさい」と叩きました。父に背を向け、声を出さずに泣きながら、「これはきっと夢に違いない。明日になれば母が私を起こしてくれるはずだ」と必死に考え、そのうちに眠りにつきました。

しかし、翌朝目が覚めてみると母はおろか父の姿までありませんでした。私を起こ

したのは褒侯の家宰と名乗る方と褒侯のお屋敷の奴隷頭をしている男でした。

家宰様から、

「今日から褒侯様の屋敷で働くように」

と言われました。

「父もお屋敷にいるのでしょうか」

そうたずねると、

「おまえの父はもう褒にはいない。おまえは親から何も聞いていないのか」

とおっしゃいました。

私がうなずきますと、家宰様は私を憐れんだ目で見つめこんな話をしてくださいました。

「お前の父と母は周の東側にある村の行商人だったと聞いている。ある日弓矢と箙《えびら》を売りに出たところ、周の兵からなぜか追われる身となったそうだ。逃げまわるうちに山中で赤ん坊の捨て子を見つけたそうだ。女房の方がその赤ん坊を放っておけず、拾って一緒に逃げたそうだ」

捨て子、とおっしゃったとき家宰様は私の顔をまじまじと見つめておいでてした。

「夫婦はこの村に逃げこんできて、匿《かくま》ってもらうことと引き換えに奴隷として働くことになったのだ。いつかは二人で故郷に帰るつもりでいたらしい。しかし先日、女房の方が死んだ。もうここにいる意味はないと考えたのか、お前の父だった男は故郷に帰りたいと、昨夜《ゆうべ》屋敷に願いでてきたのだ。自分のかわりにお前を奴隷として差しだすと言ってな。許可するとすぐさまここから出ていった」

父がなぜ私を疎んじていたのか、そのときやっとわかりました。父とは、いいえ父だけではなく母とも私は血がつながっていなかったのです。自分は生みの親だけでなく育ての親にも捨てられてしまったのか、と私も漸《ようよ》う自分の身の上に気がつきました。

「檿《えん》弧《こ》箕《き》服《ふく》實亡周國（山桑の弓に箕の箙《えびら》で、周の国が亡びる）、か」

宮涅は父王の代に巷で子どもらがさかんに歌っていた童謡を思いだした。

誰が歌いはじめたのかはわからない。しかしそれはあっという間に広まった。

子どもらが歌っているとはいえ、周が滅びるとは穏やかでない。まるで、じわりじわりと効いてくる呪いの言葉のようでもあった。

父王は山桑の弓と箕の箙をつくることを禁じ、それまで国内にあった弓と箙を集めすべて燃やしてしまった。そんなこととは知らず弓と箙の行商に来た夫婦はお尋ね者になってしまったのだ。

当時まだ太子だった宮湦は父王の対応にはまったく疑問を持ってはいなかった。周を滅ぼすおそれがあるのならば徹底的に取り締まるべきだとむしろ自分も考えていた。それが功を奏したかどうかはわからないが、今のところ周は安泰である。

だが自分の父がおこなった施策で一組の夫婦の、そして目の前にいるこの女の運命が大きく変わった。政《まつりごと》が民に対し確実に影響を与えていることを生まれて初めて目の当たりにした。王として君臨することとはどういうことか、それまで実感を持たなかった宮湦にこの事実はある種の驚きを与えた。

なぜ私が「余所者の子」と蔑まれたのか。それは親だと思っていた人たちと血がつながっていなかったばかりか、本当の親すらわからない。自分はどこの誰ともわからない得体の知れない存在だったからでございます。

本当の親は妖狐や竜なのではないか、いや盗賊や夷《えびす》の子ではないか。あの娘に近づけば呪われる。そんな噂《うわさ》が流れされていたのもそのころ知りました。

自分の本当の親は誰なのか、本当はどこにいるべき存在なのか。それがわかることはこれからもないでしょう。ならばこの褒の国で生きてゆくことしかできないと私は思っていました。

自分は物の怪《もののけ》のたぐいでもなければ国に災いをなそうとする賊徒でもございません。ただここに置いてほしい、それだけを願うただの子どもでございました。まじめに働いていればいつか大人になったとき、私がここにいることをみんなに快く許していただけるだろう。そう信じて日々を暮らす以外ございませんでした。

お屋敷での仕事は掃除や縫物などの仕事が多く、外に出て人目にふれることが減ったことにほっといたしました。しかし水汲みや山菜採りなど外の仕事を言いつけられたときは気が重うございました。通りすがりに投げられる冷たい視線、いらついた様子の咳払い、そこかしこで起こるささやきとそのあとの嘲笑う声。忠をはじめとした同じ年かさの男の子たちからは採ってきた山菜や果物を途中で奪われたり、水入れを運んでいるときに足を引っかけられたりもしました。

手ぶらでは帰れませんのでもう一度山や水汲み場へ向かい、お屋敷に帰ると仕事が遅いと奴隷頭には叱られました。

それでも、褒侯様もご家族も私を見かけても特に何もおっしゃることはありませんでした。憐れんでくださっていたのでしょうが、かえって「よくやっておる」とお声をかけていただいたこともあり、お優しい方々だと思っておりました。

お屋敷に来て数年がたち、料理も縫物も一通りのことはできるようになってまいりました。それでも私に対する周りからの目はあまり変わっておりませんでした。もうこのころには半ばあきらめており、このまま置いていただけるだけで十分だと思うようになっておりました。

ところがある日、私の暮らしにわずかな光が射しこみました。木の実を採りに出て

お屋敷に戻ったところ、偶然ご子息の良様《りょう》と出くわしました。脇に避け頭を垂れておりますと、

「顔をお上げ」

と、良様が話しかけてくださいました。

畏れ多いとは思いつつもついつい顔を上げてしまいました。

「存外美しいではないか」

ほほ笑んでそうおっしゃると良様は屋敷の外へとお出かけになりました。

私は驚いてその場から走りさりました。でも足元はまるで宙を舞っているかのようでございました。

「遅かったね。なんだい赤い顔してさ」

厨房を仕切る奴隷頭にそう言われ、

「は、走ってまいりましたので」

と私は必死に言いつくろいました。先ほどのことをなぜか悟られたくなかったのです。顔が赤らむのも胸が高鳴るのも、そのときが初めてでございました。

その日のその一言が私の支えになりました。生まれて初めて人から優しい言葉をかけられたことが、どんなに私を勇気づけてくれたか。自分が人の優しさに飢え、それを欲していたかが身にしみました。

時間がかかっても少しずつでもいい、私に温かく接してくださる人が増えれば。そんな新しい望みをいだき、どんなこともにこやかに引き受け働いていこうと誓って日々を過ごすようになりました。

それからしばらくたったある日のことでございます。

奴隷頭に「今日は仕事をしなくていい」と言われ、連れていかれたのは褒侯様のお部屋でした。傍らにはご子息の良様もおいでで褒侯様に何か耳打ちをされていました。

なぜ呼び出されたのかは見当もつきません。自分でも気がつかないうちになにか粗相をしたのかもしれないと思うと生きた心地もしませんでした。

褒侯様の前に座り頭を下げたままじっとしておりますと、

「恐れずともよい。顔を上げよ」

と優しい声が聞こえました。

「実は、今日からお前を私の娘として育てることにしたのだ」

突然のお言葉に私はしばらく呆然としておりました。あまりに思いもよらぬことでしたので、耳から入ったお言葉が心に届くまでにだいぶ時がかかったように思います。しかし心には届いたものの、事が事だけに何をどう申し上げてよいかわからず、しばらく声も出ませんでした。

「突然で驚いたことだろう。お前の美しさと働きぶりに息子が目を留めてな。奴隷にしておくには惜しい、我が家で引き取ってはどうかということになったのだ」

褒侯様のお言葉は私の周りでふわふわと漂っているかのようでした。身寄りのない私をこの地で受け入れてもらいたいという長年の夢が、このように晴れがましい形でかなったことに雲の上を歩いているような心持ちでございました。

「お前の部屋も用意してある。身支度を整え、しばらくは言葉遣いや振る舞い方を学ぶとよい」

褒侯様のお言葉に、私は頭を垂れるのが精いっぱいでございました。

そのあと侍女に体をきれいに拭かれ髪を結っていただき、美しい衣装に袖を通しました。どれもこれも生まれて初めての出来事で、髪飾りの揺れる音や衣のふわりとしたよい香りに心が躍りました。

言葉遣いや振る舞い方などは奥様が付きっきりで教えてくださいました。良様をはじめ褒侯様のお子様たちもなにかと気を使ってくださり、私には慣れないことばかりでしたが皆様に誉められたい一心で懸命に学んだのです。この間まで疎まれていたのが嘘のような生活をしていると思うと、すべてがありがたく幸せなことに思えました。

一月ほどたち、私は再び褒侯様の前に召しだされました。

「これは驚いた。以前とは別人だ。どこから見ても立派な貴人ではないか」

お誉めいただき、皆様の家族の一員と認められたようで天にも昇る心地でございました。あの虐げられていたみすぼらしい女はもういないのだ。自分でもそう思いはじめておりました。褒侯様の次のお言葉を聞くまでは。

「そなたならきっとうまくやってくれよう。父として命令じゃ。周の宮中に入れ。そなたは褒と周の懸け橋となるのだ」

この地から離れる。

それを聞いたとき地の底へ落とされたような気がいたしました。

私が思い描いていた夢とは違います。でもお断りすることなどできるはずがございません。

「ご期待に沿えますよう努めさせていただきます」

覚えたばかりのかしこまったお返事をし、私はできるだけ優雅にお辞儀をいたしました。やはり周に行かせるのは惜しい、とおっしゃっていただきたかったのです。

しかし褒侯様は私の振る舞いにいたくご満足した様子で、

「これならばどこに出しても恥ずかしくないぞ」

とおっしゃっただけでございました。

肩を落として私が部屋に戻ると、中から侍女たちの声がいたします。

「あの方、ついに周へ行かされるそうですよ」

「褒侯様も考えたものね。お嬢様を差しだせとの命令に養女という手を打つなんて」

「思いつかれたのは良様だそうよ」

「あの娘ならここからいなくなっても誰も気にも留めないし、もともと余所者なんですもの。いい厄介払いね」

「でも王宮へ入れるなら大出世だわ」

「行ってもむだかもしれないわよ。周王様はお年だし、太子様にはもう正式なお妃がいらっしゃるしねえ」

「あら、奴隷だったころに比べたらたいしたものじゃない」

彼女たちの嘲笑う声に耐えられなくなり、私はその場から離れました。

なんのことはございません。私は初めから褒から追いだされることになっていたのです。周りは皆それを知っていて、知らなかったのは私一人。生みの親からも育ての親からも、そして故郷からも私は捨てられてしまったのでございます。

褒を発つ日、やはり去りがたい思いがこみあげ、身支度の間私は声を上げて泣いてしまいました。延々と泣き続ける私は支度の手伝いをしていた年配の侍女の一人にぴしゃりと頬を叩かれました。

「いつまで泣いてるんだい、この世の不幸をすべて背負ったような顔をして。あんたみたいな余所者が宮中へ行けるなんてどんだけ幸せなことだと思ってるんだい。これ以上泣いたら許さないよ」

あまりの剣幕に怯えた私は、なんとか泣くのをやめようとしました。

無理やり泣き声を抑えたからでしょうか、どんどん息苦しくなり、必死に息を吸うたびに体が痙攣するように震え、ヒューという隙間風のような音が響きました。

これ以上叱られるのは、嫌われるのは、蔑まれるのは嫌だ。そんな思いで嗚咽を体の中に閉じこめようと懸命でした。それでもこみあげてくるものはなかなか止まってはくれませんでした。

周には知っている人もおりません。行ったこともございません。私は真に天涯孤独になってしまうのです。私が本当に願っていた温かなものとは違います。けれども、それを嫌がることは許されないのです。贅沢を言ってはならないのです。何度も何度も自分は幸せなのだと心の中で言い聞かせました。

輿に乗せられ褒を出発するときに、なにかずしりと重いものが頭の上に落ちてきたような気がいたしました。それは私の体を包みこみ、周りの空気をはじいて私を覆ってしまったかのようでした。気がつくと、なにもかもが遠くに見え、何もかもが遠くに聞こえるようになっておりました。

◆

「そのときからでございます。私は声を上げて笑うことはおろか、声を上げて泣くこともできなくなってしまいました。そして人に会うのもなんとなく恐ろしく感じられて、こちらに来てからも衣を被り、人目を避けて過ごすようにしておりました」

褒姒の話が終わっても、宮涅はまだ現実に戻れないでいた。やっとのことで聞き出した生い立ちは王宮育ちの宮涅にとっては想像すらできない世界の話であった。

そもそも宮涅は本物の農民や奴隷というものを見たことがない。宮涅が直接会うのは各国の諸侯や宮中の官吏など要職に就いている者ばかりであり、もちろん彼らが野菜を育てたり工事に使う石を運んだりするはずもない。また実際に自分が食べる料理を誰が作り、その材料は誰が育てているのかということすら今まで考えたことがなかった。

しかし褒姒の話を聞き、同じ世の中に自分の想像がまるで及ばない暮らしをしている者が大勢いることを知り、為政者としての目を開かされた思いであった。

そして世の中のもっとも下層で不幸を背負い生きてきた女が宮中の高貴な女の誰よりも美しいことに驚きと不条理を感じていた。

なぜこのように美しい女が数奇な人生をたどらねばならなかったのか。何かしてあげられることはないものか。

突如、宮涅の心に閃くものがあった。

これは天啓かもしれない。

余が王としての在りようを模索していたときにこの女と出会った。きっとこの女は民の象徴として天がここに遣わされたのに違いない。自分には温和な心しか取り得はない。この哀れな女に笑顔を取り戻してやることが、余に与えられた使命かもしれない。その心を以て国を治めれば慈愛深き王として民を導けるのではないか。

「褒姒よ、そなたは天が余に遣わした女に相違ない。余がそなたの心を救ってみせようぞ」

宮涅は褒姒の手を握りしめて誓った。褒姒は何を言われているのかよく理解できないまま、その手をぼんやりと見つめるばかりであった。

◆

明くる日、王宮で催された宴の席に宮涅は褒姒を伴って現れた。髪を高く結い美しい衣と装飾品で飾り立てられた褒姒は、闇夜に輝く銀色の月のような美しさだった。豊かな髪、象牙のようにきめ細かくつややかな肌、小さく形のよい唇。その場にいた誰もがため息をついた。ただ一人、申后の父親である申侯だけは浮かぬ顔だった。

「今宵は西方から伎芸団を招きました。お楽しみいただければと存じます」

今夜の宴の主催者である尹球《いんきゅう》が宮涅にうやうやしく述べる。

尹球は宮涅の父の代から仕えていた尹吉甫《いんきっぽ》の息子であった。父の後を継ぎ周の大夫になっただけの男であり、宮涅におもねるばかりでおよそ優秀な男とは言い難かった。

しかし父の代から引きたてていた一族であり、耳の痛いことを言わない尹球を宮涅は好んで重用していた。

「尹球はいつも余を楽しませてくれている。今日の宴もこの男が差配したのだ。そなたは伎芸団を見たことがあるか。きっと気が晴れよう」

宮涅は傍らの褒姒に優しく語りかけた。

「おそれいります」

その声に全く感情はこもっていない。

まもなく余興が始まった。華麗な衣装に身を包んだ踊り子たちの舞、力士の力比べ、動物の鳴き真似や曲芸の数々に皆喝采をした。

「今回の伎芸団はなかなかのものですなあ」

「やはり尹公は目利きでいらっしゃる」

しかし、酒も入り沸き立つ席の中で褒姒だけが別の空気をまとっている。宴が進むにつれ、皆もようやくそのことに気づきはじめた。

なぜあの女には笑顔がないのだろうか。周王に侍る女であれば寵を失わぬよう、媚びたり愛嬌をふりまいたりするものだが、あの女は何一つそういったことをしない。むしろ周王の方が女を気遣いあれこれ勧めている。これまでの宴では見られない不思議な光景であった。

「美しいが何やら奇妙な女だ」

口には出さないが、その夜臨席した諸侯は皆そのように思っていた。

宴の次の日、申侯は娘の申后を訪ねた。

「やれ、宴ばかりで困ったことだ」

部屋に入るなり、申侯は娘の夫の愚痴を言いはじめた。

「もう慣れましたわ。でもこれでも減った方ですのよ」

申后は目鼻立ちのはっきりとした美女であった。快活で物怖じしない性格の持ち主で、優柔不断な宮涅を太子のころから支えてきた。

「ところで昨夜また新しい女が横にいたぞ」

申侯は娘に渋い顔で話す。

「存じております」

申后はにっこりほほ笑んでそう言うだけであった。

さすが我が自慢の娘、少しも動じていない。申侯は誇らしい気持ちだった。

確かに褒姒は美しい女だが、やはり娘とは格が違う。この地のどこを探しても王の正妻として我が娘ほど相応しい者はいないと申侯は自負していた。

しかしそれは「宮涅に相応しい」と同義ではない、と申侯は考えている。男と女として見ればひどく不釣り合いな夫婦である。凡庸な宮涅にとって、美しく賢い申后はまま過ぎた妻である。周王という地位とそこに就く人物の人となりが釣り合わないのはまことに痛し痒しであった。

「そなたはあの女をどう見た」

「一度目通りしましたが、何と申しましょうか。こちらがうらやましくなるほど美しいのですが、なぜかしおれた花のように思えました」

言い得て妙だと申侯はうなずく。あの女には命あるものが発している光が感じられない。それは昨日自分も感じていたことであった。

「おとなしいふりで猫を被っているということはないか」

「いいえ、本当に内気で人と会うのが苦手そうに見えましたわ。しおらしく見せておいて陰で私の悪口を言っている女は今までいくらでもおりましたから、私が見ればどんな女かすぐにわかりますわ」

我が娘ながらたいしたものだと申侯は舌を巻く。やはり宮涅には惜しい妻である。

「今まで見たことのない様子の女というわけか。おそらく王も物珍しさから側に置いているだけであろう。それならばきっとすぐに飽きる。案ずることはないぞ、正式な后はそなただ。宜臼《ぎきゅう》という太子もおる。何人《なんぴと》もそなたの座を脅かすことはできぬ」

「ただ、あの女が男児をもうけ、我が宜臼を退けて太子に立てるようなことになりましたらどういたしましょう」

それは申侯にとっても唯一の懸念だった。しかしあの腰抜けの宮涅が廃后・廃太子などという大胆な行動に出るとは考えにくい。第一、褒姒が身ごもるかどうかもまだ定かではない。

「しばらく様子を見ようではないか。もっともあんな生気のない女にそんな芸当ができるとも思えぬがな。しかし万が一そのようなことになれば、そのときは私も黙ってはおらぬ」

「おじいさま、お久しぶりです」

ちょうどそのとき申侯の来訪を聞き、太子の宜臼が女官に連れられ顔を見せた。

「おお太子よ。ますますご立派になられて。さすがは次の周王だけありますな」

「おじいさまこそご壮健で何よりです」

申后の教育の賜物か、まだ少年であるというのに言葉遣いも立ち居振る舞いも気品にあふれている。この子が王になれば周は安泰に違いない、と申侯は信じている。

「今日は何をなさっていらっしゃいましたか」

「書の練習を」

「おお、それは素晴らしい。この爺にも見せてくださいませ」

宜臼を抱き寄せる申侯はすっかり孫を愛おしむ祖父の顔になっていた。

申侯にとって最初褒姒は恐るるに足りぬ存在に見えた。しかし、宮涅の褒姒への寵愛は一向に衰える様子はなく、むしろ年を追うごとに深まるばかりであった。

そうなってくると、申后派と褒姒派ともいうべき状況が徐々に形作られるようになってきた。申后派は父親の申侯に加え忠臣ともいうべき臣下がほとんどで、周の先行きを案じ、申后と太子宜臼に期待を持つ者が多かった。

一方褒姒派には宮涅におもねる臣下に加え、これまで日の目を見られなかった者たちが、ここぞとばかりにすり寄りはじめた。褒姒派は申后と太子宜臼の悪口を宮涅に吹きこみ、形勢逆転の機会をうかがうようになっていった。

◆

褒姒が懐妊したのは宮涅に見初められ二年ほどが過ぎた、そんな情勢の中であった。

身ごもっても褒姒は相変わらず笑うことはなかった。

自分の心は水晶のようになってしまったのではないかと褒姒は思う。美しくなった、ということではない。喜びも怒りも悲しみも苦しみも、すべての感情は自分の心の表面をなぞってはするすると落ち、消えていくだけである。雨にぬれようと泥にまみれようと美しい染料に浸けようと、何物をも拒み染みわたらせない水晶のように。

だからであろうか、自分が身ごもっていることにも特に喜びは感じていなかった。どこか他人事《ひとごと》のように思え、子を産み親になるという自覚も全くと言っていいほどなかった。生みの親にも育ての親にも捨てられ、親というものがよくわからないという思いも、自覚のなさに拍車をかけていた。

懐妊が知れわたり、褒姒のもとに機嫌を伺いにくる者は一層増えた。だが、生まれてこのかた「期待される」という立場になったことのない褒姒には、皆が何を目的に、何を求めて、自分のところに来るのかはさっぱり理解できなかった。

頭の中は相変わらず霧がかかったようにぼんやりとしており、訪れる者の言葉は自分の頭の中をただ通り過ぎていくだけである。しかしおべっかや追従の言葉は、怒鳴られ、なじられ続けてきた身にはどこか優しい調べのように聞こえた。褒姒はその言の葉の抑揚に揺られながら、何とはなしにうなずいてみせるだけだった。

「なぜ皆さんは私のところにいらっしゃるのかしら」

産み月まであと三月ほどになったころ。褒姒は髪を梳いてくれている侍女にようやく問いかけてみた。

「おなかのお子様を楽しみにされているのですよ。お仕えする私たちもですわ」

「私の子をなぜ」

「もし男の子がお生まれになれば、太子におなりになるかもしれないではないですか」

どうしてそんなことを聞くのかと言わんばかりに侍女は答えた。

「太子は宜臼さまなのに」

太子は宜臼の呼び名のことだとずっと思っていたが、そうではないのだと褒姒は最近ようやく知った。

そもそも太子とは何なのか褒姒はまだわからない。太子が代わるというのは、なにがどのようになることなのだろうか。それに太子になることは皆がそれほどにも喜ぶことなのだろうか。褒姒にはまだぴんとこなかった。

「王の褒姒様への御寵愛の深さを見れば、太子を宜臼様から褒姒様のお子様に代える

 こともありましょう」

「太子になるのはよいことなの」

「太子といえば次の王です。王になれば何もかもが思いのままですよ。褒姒様も私たちも先々が安泰です」

そういえば宮湦も以前言っていた。自分はこの国の王だから何でもしてやれる、と。しかし本当に何でもできるのならば私の頭の中の霧などとっくに散らすことができているだろうに。それができていないのだから、「何でも思いのまま」というのは、本当は周りの皆がありがたがるようなことではないのかもしれないと褒姒は思う。ならば宜臼がなっても自分の子がなっても、さして変わりがないような気がした。

「それでは王になれない宜臼様がおかわいそうではないですか」

褒姒の言葉に侍女があきれたように言う。

「なんと欲のないこと。しかし褒姒様、今の王がもしお亡くなりになって宜臼様が王になられたら、あなた様を含め私たちはどうなるとお思いですか。きっとこの国から放逐されてしまいますわ」

「放逐とは」

「この国にいられなくなるということです。運が悪ければ殺されてしまうかもしれません」

この国にいられなくなる。

その言葉だけが褒姒の水晶のような心に貼りついて離れなくなった。自分はまた追いだされるのか。そう考えると身がすくむ思いだった。

「それは困ります」

「ですから、生まれたお子様が男児であったら太子にしてほしいと王にお願いするのです。褒姒様がお願いすればきっとかなえてくださいますよ」

「それは、難しいわ」

自分は静かに暮らしたいだけなのである。もしそんなことを王に願ったと申后に知られたら、不興を買って今すぐここを追いだされるかもしれない。それも困る。褒姒は黙ってしまった。

このやりとりは侍女から侍女へ、下女や下男へ、そして諸侯へと、褒姒派の隅々に広まった。

宮涅が申后と後ろ盾の申侯に対しては頭が上がらないのは誰の目にも明らかである。その状況を覆すのは褒姒とその子どもにしかできない。褒姒の気弱な様子を聞き我らがしっかりせねばと息巻く者もいれば、宜臼に対する言葉になんと無欲で慈悲深いと崇める者まで、さまざまだった。

だが結果的には褒姒派の団結が強まることになり、褒姒の与り知らぬところで宮涅へ褒姒とその子の処遇を確かなものにと訴えかける者が増えていった。

しかし宮涅とて褒姒とその子の処遇を考えていなかったわけではない。むしろ誰よりも深く考えていたといっても過言ではない。しかし自分の死後の状況までには考えが至らなかった。

「宜臼様が王になられたら、私は殺されるのでしょうか。それとも、ここから追いだされるのでしょうか」

見舞った際に褒姒はこうつぶやいた。そのとき、自分が死んだらこの女は危険にさらされるという事態に初めて気づかされたのであった。

「そんなことは断じてさせない。私がそのように取り計らおう」

褒姒にはそうは言ってみたものの、自分が死んでしまったあとでは、そんな取り決めはたやすく反故にされてしまうであろう。さりとて諸侯からの信頼が厚い申侯と申后をわざわざ敵に回したくはない。

そうこうしているうちに褒姒は臨月を迎えた。数か月懊悩したあげく、宮湦は考えることをやめてしまった。

「自分が死ぬのはまだ先のことだ。それに子が男か女かもわからぬ今悩むことはない。時期が迫ったら改めて考えよう。そのうちよい考えがきっと浮かぶであろう」

問題を先延ばししたことを、宮湦はこう自分に言い訳をした。

そして、その時がきた。褒姒が産んだのは男子であった。

しかし宮湦が太子を代えることはなかった。

◆

申侯派と褒姒派は微妙な緊張感を抱えながら数年の月日が過ぎていった。

褒姒の表情が和らぐことはまだなかった。

しかしその間にも伯服《はくふく》と名付けられた男の子はすくすくと成長していった。

褒姒に後ろ盾がないため、宮涅は自分の乳母をしていた女の一族から乳母と養育係を選び伯服につけた。

伯服は褒姒によく似て色が白く端正な顔立ちをした子に育っていった。

伯服が四歳のある日、宮涅の部屋を伯服が訪れ、庭にある池のほとりで水遊びをしていた。

「懐かしゅうございますわ」

伯服の顔を見に訪れていた宮涅の元乳母が言った。

自分の母親よりも気を許しているこの老婦人の言葉に、宮涅は首をかしげる。

「何がじゃ」

「伯服様は王によく似ておいでですわ」

年老いた乳母はにこやかに言う。

「顔はあまり似ていないように思うが」

宮湦は意外そうに言った。

「体つきは王ですわ。それにお子様にもいろいろいらっしゃいます。怒られたときに言うことをまったく聞こうとしない子、逃げだそうとする子。伯服様は下を向いてしょんぼりなさるのですが、それが本当におかわいらしくて。お小さいころの王によく似ておいでですよ」

思いだし笑いをこらえるようなそぶりをしながら乳母は朗らかに答えた。

幼いころの自分の話はなんとも気恥ずかしいものだが、伯服と自分との意外な共通点を知り、宮湦は血のつながりというものの不思議さに感心した。

「伯服様のお隣へ行って、池の中をのぞいてごらんなさいませ」

乳母にそう促されて、宮湦は伯服に近づく。

「楽しいか」

「父上、亀がいるよ。あそこの岩の上」

二人で池をのぞく。水面に映るほっそりとした二つの人影は、大きさは違えどよく似ていた。

「ほら、あそこ。大きい亀の上に小さな亀がいる」

伯服の指さす方へ視線を移すと、確かに二匹の亀が重なって岩の上にいた。

「親子なのだろうな」

宮涅はちらりと伯服を見ながらつぶやいた。

宮涅は太子宜臼のことを思いだす。

（そういえば、あやつはまったく余に似ておらんのう）

宜臼は母方の血を強く受けついでいるのか、目鼻立ちがはっきりとした申后の顔と壮健な申侯に似た体躯の、大柄でたくましい青年に成長していた。

養育は申后とその一族に任されており、宮涅にとっては息子でありながらどこか遠い存在だった。それは宜臼にとってもおそらく同じであろう。

体格だけではなく武勇にも優れ、明るい人柄で人望もあった。太子として申し分ない息子である。

（非の打ちどころがない。確かにそうなのだが）

「父上、どうしたの」

伯服の言葉に宮涅は我に返った。

「いや、なんでもない」

「父上、あの亀捕まえたい」

「そっとしておいてやりなさい」

「……はい」

伯服はしょんぼりとうつむく。

その姿に宮涅は、これが子どものころの自分の姿か、とおかしさがこみあげてきた。

宮涅は伯服を抱きあげてなだめる。

「おまえは素直で優しいな。いい子だぞ」

「本当?」

伯服が破顔する。美しい笑顔だ。

褒姒が笑ったらきっとこんな笑顔であろうと宮涅は思う。褒姒に笑顔を取り戻そうと誓って数年たつのに、それはいまだに果たせていない。

己の力不足なのか。いつになれば笑顔にしてやれる日が来るであろうかと宮涅は嘆息する。

しかし宮涅は知らなかった。褒姒に笑顔が戻るのは周王朝の崩壊を告げる兆しだということを。

そしてその日は、もう間近に迫っていた。

◆

褒姒派の中に虢石父《かくせきほ》という男がいた。

周の西隣にある虢国の君主で、派閥の中でもとりわけ宮涅と褒姒に取り入るのに熱心であった。付け届けはもちろんのこと、たびたび酒宴も催し二人の機嫌を取るのに余念がなかった。

「周王様、建設中の烽火《ほうか》台の視察をなさってはいかがでございましょう。完成間近でございますので立ち入ることもできます。ぜひ褒姒様もご一緒に」

ある日、虢石父がこう持ちかけてきた。

烽火台とは烽火を上げる櫓《やぐら》のことである。

このころ犬戎《けんじゅう》の動きが活発化しており周辺国家を荒らしていた。いつ何時、都の鎬京を襲撃するかもわからない。有事に備え、周は武器や施設の見直しを始めていた。

虢石父は烽火台の建築を命じられており、その進捗を宮涅に報告に来たのである。

「宮殿の近くに新たに高台《こうだい》を造りまして、その上に櫓を建てるかたちにいたしました。高台からは眺めも良く、物見にはちょうどよろしいかと」

眺めが良いという言葉に宮涅は心惹かれた。今日は天気も良い。高台から眺める風景は格別であろう。

宮涅は褒姒と初めて出会ったときのことをふと思いだした。故郷の空はどこかと涙に暮れて佇んでいた、あの美しい姿。褒の国の方角を高台から指し示してやれば、褒姒も幾分気が晴れるのではないか。

「よかろう。案内せよ」

数人の供を従えて宮涅と褒姒は烽火台へと向かった。虢石父は案内人よろしく嬉々として先導する。

　高台は十歩《ぶ》（一歩《ぶ》は約一・三メートル）四方ほどの広さで、大人の背の数倍ほどの高さがあった。周囲には手すりが設けられ落ちる危険もない。

「櫓が倒れぬよう支えるため、土を盛り周囲に塼《せん》（古代の煉瓦）を積みあげて造りました。こちらの階段から高台に上れます」

　虢石父は得意げに説明をする。

　階段を上ると広々とした高台の中心部分に大木のような高さの櫓が建てられている。二、三人の奴隷が何か作業をしているのか最上部に見え隠れしていた。

「いかがでございましょう。ここでも高さは十分あり、山々を背景とした都の眺めが美しゅうございます。この櫓には梯子で登ります。最上階には見張りも置き敵襲をいち早く知ることができます。ここ以外にも二十里ごとに烽火台を置き、烽火をより遠方の軍に伝えることが可能でございます」

　案内人はますます饒舌になっていく。

「敵襲の際には、上に設置してある巨大な窯《かま》の中で燃料を燃やして煙を上げます。窯の中で燃やしますので、雨や風も平気でございます。その煙を見たら国境周辺で警備をしている各国の兵士団がすぐさま駆けつける手はずになっております。烽火の燃料は藁と動物の糞を乾かしたものでございます。中でも狼の糞が煙の勢いがよく煙がまっすぐ立ち上るといわれておりますが、なかなか手に入らずとても貴重でございます。致し方なくほかの生き物の糞で代用しておりますが、お察しの通りその生き物には人も含まれます」

いささか品のない説明に供の中には失笑するものもあった。元来お調子者の虢石父の案内のおかげで、視察の様子は陽気な物見遊山の一行のごとくであった。しかしそんな和やかな場でありながらも、褒姒の表情はいささかも動かなかった。

「褒姒よ、あちらが褒国の方角じゃ」

宮涅は西南の方角を指さした。褒姒はゆっくりとそちらを向き、何かを見極めようとするかのように眉間にしわを寄せてその方向を見つめた。

瑠璃の空はどこまでも続き、時折ちぎれた綿雲の白さが鮮やかな対比で青の深さをより際立たせている。

「褒でもきっと同じ空が見えていることでございましょう」

褒姒がぽつりと言った。そして宮涅に深々と頭を下げた。

「周王様のお心遣いに感謝しております」

もたげた顔には、目元に光るものがあった。

宮涅は一抹の寂しさを感じた。もう褒姒はこの先笑うことなどないかもしれない。

この女の心の傷は自分が思う以上に深いのであろう。数年来手を尽くしてきたがもう自分にできることはないのかもしれない。王として、また男としての自分の不甲斐なさを宮涅は身にしみて感じていた。

「少し煙を上げてみましょうか」

上機嫌な虢石父が提案した。

「大丈夫なのか。兵がそれを見て集まるということはないのか」

「少々でしたら大丈夫でございますよ。おーい烽火を上げろ」

虢石父は物見台の上にいる兵に向かって叫んだ。しばらくすると黒い煙が細々とたなびきはじめた。

「ほう、なるほど。褒姒、見てみよ」

宮涅が振り返ると褒姒はすでに煙に目を向けていた。煙は青い空にゆるゆると広がり、やがて溶けていく。

「儚いものでございますね」

宮涅は何も言えず褒姒の両肩に手を置いた。衣から伝わる細くしなやかな肩の感触に切ない気持ちになる。

「そろそろいいぞ、火を消せ」

虢石父が叫ぶ。

「さあ、そろそろ王宮に戻りましょう」

しかし、一行がその場を離れようとしても煙は消えない。むしろ先ほどより勢いよく立ち上っているように見えた。

「おーい、何をしておる。火を消さんか」

物見台から一人の兵が慌てて駆け下りてきた。

「どうした、何をしておる」

「そ、それが火の勢いが止まりません」

「な、なんだと。は、早く何とかせよ」

宮涅も虢石父も愕然とした。このままではこの煙を見た遠方の烽火台が次々に煙を上げ国境を警護する兵たちが烽火を見て参集してしまう。

宮涅は身も凍る思いがした。兵を集めておいて実は何事もないとわかったら兵たちは不満を言うだろう。いや、怒って手がつけられなくなったらどうすればよいのか。剛の者たちを前にどう事態を収めるべきか宮涅にはわからない。

「とにかく消せ。急げ、急いで消すのじゃ」

虢石父が狂ったように叫ぶ。

しかしもう遅かった。地平のあちらこちらから土煙が立つのが見える。やがて幾千幾万の蹄《ひづめ》の音、がらがらと回る馬車の車輪の音とともに、武器を手にした兵士の集団が続々と姿を現した。

周を警護する兵たちが一堂に会した。それは壮大な光景だった。

自分と都を警護するためにこれだけの兵が動くのである。宮涅は改めて周の王という立場の重さを痛感していた。ここは周王として威厳を持って振る舞わねばならない。

しかし言葉はなかなか出てこない。

もし同行しているのが褒姒ではなく申后であれば、この状況を丸く収める策を耳打ちしてくれるはずである。これまではいつもそうだった。申后の言うとおりにしていれば間違いはなかったし、そうすることにすっかり慣れきっていた。

宮湦は助けを求めるかのように傍らの褒姒を見た。しかし兵に怯えているのか、褒姒は表情を曇らせ震えてうつむいている。その姿を見たとき、頭を思い切りたたかれたような気がして宮湦は我に返った。

私はこの女に笑顔を取り戻したいと思っていたはずなのに、怯えている褒姒に頼ろうとすらしているとは。先ほど己の情けなさを悔いたばかりだというのに。ここは自らの力で切り抜けなければならないのだ。

様子がおかしいとざわめきはじめた兵たちの前で、宮湦は意を決して口を開いた。

「み、皆の者、よくぞ参集してくれた。礼を言うぞ。じ、実は今回の烽火は手違いである。はるばる来てもらったが本日はこれにて引き上げるよう」

兵士たちはみなあぜんとしていた。文句を言いたくても周王直々の謝罪ではそれもできない。不満げな表情の者もいれば、拍子抜けした表情の者もいた。

「しかし、皆の周への忠心はとくと見せてもらった。そなたたちがいる限り周は安泰である。そなたらは周の、そして余の誇りじゃ」

宮涅の話が終わると兵たちは不承不承ながらもひざまずき一斉に頭を垂れた。

(これで収まるのではないだろうか)

話し終えた宮涅の脚は震え、額には汗が噴き出ている。生まれて初めて己のなけなしの勇気を振り絞り、困難を成しとげた。そのかいあって、どうやら大事には至らなそうである。のしかかっていた重荷がどんどん軽くなっていく。

「褒姒よ、もう大丈夫だぞ」

宮涅は褒姒を振り返る。と、次の瞬間、宮涅は思わぬ光景を目にすることになる。

◆

轟々と音を立て膨大な数の軍勢が砂煙を上げて集まってくる様子を、褒姒はぼんやりと眺めていた。

豆粒のようだったそれらが徐々に大きくなり、はっきりと馬車や兵士の軍団だと目に映るようになると、褒姒は憂鬱な気分になった。

こんなに大勢の目にさらされなければならないのか。人前に出るのは恐ろしい。しかも自分と宮涅は高台の上におり、すべての視線が注がれる。あの目の一つ一つが自分を見て、心の中である者は嘲笑し、あるものは罵倒するのではないか。そんな妄想が褒姒を襲う。

怖い。一刻も早くここから去りたい。

しかし宮涅がこの場を収めねばならないらしく、それまでこの場を動くことはできないようである。

ため息をつき伏せかけた目の端に、突然懐かしいものが飛びこんできた。

褒の旗だ。思わず視線をそちらへ向けた。

褒の旗を掲げた一団が見えた。その先頭にいたのは褒侯の長男の良だった。どうやら小隊長を務めるまでになったらしい。さらにその後方には幼少時代に自分をいじめぬいた忠とその仲間たちもいた。

褒姒はその一団をじっと見つめた。

良が自分のことに気づいた様子で、口をぽかんと開けたまま身動き一つできなくなっている。

忠たちも何事かをささやきあっている。ある者は顔をしかめ、ある者は驚いた様子で、皆動揺を隠せなくなっている。

その様子を見ていた褒姒は自分の中に今まで起こったことのない感情がむくむくと頭をもたげ、大きく成長しつつあるのを感じていた。

良様や皆を久しぶりに見て、懐かしいでもない、嬉しいでもない。怖いでも、嫌な気持ちですらもない。これは一体何だろう。

そのとき、自分の隣に立っていた宮涅が眼前の兵士たちに何事か語りかけた。その言葉を聞きおえると数千もの剛の者たちが一斉に頭を下げた。

壮観であった。

褒の一団も同様に宮涅と褒姒に向かって服従の意を表していた。

その瞬間、感情が炸裂した。

「ふふふ……くっくっくっ……あーっははは」

褒姒は高らかに笑った。

自分は氏素姓のわからぬ生まれ。だから牛馬のように扱われても仕方がない。ずっとそう思っていた。

当然なのだ。しかたがないのだ。そうやって知らず知らずのうちに心の裏側に押しこめてきたものがぐるりと反転した。そして表面を覆っていた感情を大波のように呑みこみ、笑いとなって弾けた。

そうか、私はこいつらを憎んでいたのだ。

そう思うのは許されぬと思っていた。

しかし今私は高みからこいつらを見下ろしている。

蛙のように不格好に伏しているこいつらを。

今ならはっきりとわかる。

私はこいつらを憎んでいる。

殺したいほどに。

私を傷つけ、騙し、受け入れようとしなかったこいつらを。

それがどうだろう。

やつらは今、私にひれ伏すことしかできぬ。

私に指一本触れることもできぬ。

それにひきかえ、私はこいつらをいかようにもできるのだ。

笑いが止まらぬ。


「王になれば何もかもが思いのままです」

いつかの侍女の言葉が不意に褒姒の胸によみがえった。

そうか、王の力とはこういうものだったのか。王の傍らにいるかぎり、私はこの優越感をずっと味わいつづけることができるのだ。

初めて知った権力という甘い蜜。人々を上から見下ろす爽快さに褒姒は痺れるような快感を覚え、ひたすらに酔いしれていた。

◆

長年待ち望んだ光景がそこにはあった。褒似が笑っている。宮涅は夢を見ているような気持ちだった。あまりの緊張に自分の頭がどうかしてしまったのではないか。幻でも見ているのではなかろうかとさえ思った。

「笑った……」

宮涅は褒似の肩にそっと触れる。触れても褒似は消えることはなく、宮涅の方を振り返った。満面の笑顔である。夢でも幻でもなかった。

「褒似よ。そなた、笑っているのだな」

宮涅は無理やり感情を押し殺した。そうでもしなければこの場で跳び上がって踊りだしてしまいそうである。

「こんな素晴らしい眺めを見せてくださって感謝しております」

その言葉にこれ以上感情を抑えることができず、宮涅は感極まって褒姒を抱きよせた。

「なんと煌々《きらきら》しい笑顔じゃ。もう一度顔をよく見せておくれ」

宮涅の胸の中で褒姒は顔を上げる。上気して桃色に染まった頬、三日月のように弧を描いた目は生気が戻りきらきらと輝き、珊瑚色の唇から白く整った歯がのぞく。伯服の笑顔とやはりよく似ていた。

「こんなにうれしいことはない。戻ったら宴の支度じゃ」

引き揚げ損ねた兵たちが何が起きたのかとぽかんとしているのを尻目に、一行は浮かれた様子でその場を後にした。

「なんという晴れやかな一日じゃ。のう褒姒」

宮涅は嬉々として褒姒に語りかける。

「はい、生まれ変わったような気持ちでございます。まるで霧が晴れたかのよう」

褒姒は朗らかに答え、そして宮涅の耳元で囁いた。

「やっと気がつきましたわ。私はこんなにも頼もしい御方の傍らにいたのですね」

それは宮涅にとって魔法の言葉だった。

宴には虢石父や尹球をはじめとした褒姒の取り巻きが招かれた。

「褒姒様の笑顔の美しさといったら、崑崙山《こんろんさん》の西王母《せいおうぼ》すらもかなわないでしょう」

宴席の中で最もはしゃいでいたのは虢石父であった。兵が参集したときは投獄も覚悟していたのに、それが一転したのだから無理もない。

華やぐ宴席の中、宮涅は先ほどの褒姒の言葉を反芻していた。

「頼もしい御方」

そう言われたのは初めてである。

窮地を自らの力で乗り切ったあとに言われただけに高揚感が抑えられない。自分は今まで何事も人任せにしていた。しかし自分が決断し実行に移すことも十分にできる力を持っているのだと認められたように思えた。

やはりこの女は天が私に遣わしたのだ。私が一人前の王となるにはこの女が必要なのだ。そう宮涅は信じるようになった。

「褒姒よ、そなたは余の唯一無二の女じゃ」

宮涅は褒姒を抱きよせた。

「周王様、一つお願いをしてもよろしゅうございますか」

褒姒の初めての申し出に宮涅はほほ笑んだ。

「何でも申してみよ」

「もう一度烽火を上げていただきたいのです」

いささか突拍子もない願いに宮涅は面食らった。

「実は今日集まった兵士の中に私を虐げた者たちを見つけましたの。その者たちを捕らえて私に恥を雪《すす》がせてくださいませ。ですからもう一度烽火を上げて兵を集めていただきたいのです」

「なるほど、そういうことか。しかしその者たちだけ咎《とが》もないのに捕らえては、ほかの兵が不審に思うことであろう」

「でしたら酒宴と称してここに招いてはいかがでしょう」

「それはよい考えじゃな。これ、虢石父よ、明日いま一度烽火を上げよ。命令じゃ」

はしゃぎまわっていた虢石父の顔はその言葉にみるみる真っ青になっていった。

翌日、再び烽火が上げられ兵が参集した。しかし何事もないことを知らされると、愚痴を言いながら三々五々帰途に就く。その中のある隊に使者が走ったことを知る者はそう多くはなかった。


良をはじめとした褒の小隊の十人は豪勢な宴席の場に通された。

周王の使者から宴席への招待を聞かされたときはなんとも誇らしい気持ちにさせられた。

「周王様が各国の軍の中でもひときわ勇敢だとお誉めになっていた隊が褒姒様の出身地の方々だとわかり、ご縁を感じたとのことですので」

自分らの雄姿が周王の目に留まったということは、国に帰って一生自慢の種にできるほどの栄誉である。断る理由などなかった。よもや褒姒が後ろで糸を引いているとは露ほども思わなかった。寵を得た女が周王の威を借りて立場を誇示したがっているだけだと高を括っていたのである。

最初に烽火で参集したとき、褒姒が周王の傍らに立っていたのを見て皆驚きを隠せなかったが、それは自分たちが虐げた存在が権力をふるう地位にいたという畏怖からではない。周王の寵姫が本当にあの余所者なのかと狐につままれたような気分からであった。

「しかしあの余所者がたいした出世をしたものだ」

「あの女を通じて褒に利をもたらすこともできようぞ」

「そう簡単にいくか」

「なに、奴隷だったことを周王にばらすと言えば我らの言うことを聞かざるを得まい」

「それもそうだ」

宴席への道すがら、今では分隊長となった忠を中心に兵たちは好き勝手なことを口にしていた。

概して、虐げた側は虐げた相手の心の中を推し量ることや、自分がしたことがどういうことか省みることはない。中にはしたことをまったく覚えていない者すらいる。

自分たちとあの女の立場はあのころから何一つ変わっていないと根拠なく信じていた。

要するにこの状況でも忠たちは褒姒を心のどこかで「舐めて」いたのであった。

ただ一人、小隊長の良以外は。

あの日の褒姒の高らかな笑い声が良の耳にこびりついて離れない。あのような笑い声は褒にいたころは聞いたこともなかった。そもそも笑うどころか感情を表に出さず、褒を発つときに泣き声を聞いたくらいである。

その女がああも感情を露わにしたことに、何か得体の知れない不気味さを感じていた。

「なあ忠よ。あの女の笑い声、どこか恐ろしいと思わなかったか」

良は忠にそう問いかけた。

「小隊長も意外と臆病でいらっしゃる。奴隷女が分不相応な地位に就けて浮かれているだけでございますよ」

忠は一笑に付した。

「しかし、何やら企てているのではないかと思ってな」

今回の突然の招きに再び不安を掻き立てられていた。

忠はさらに笑う。

「良様。あいつはあなた様の親族という触れ込みで後宮に入ったのではありませんか。何かあればあの女を脅せばよろしい。褒の一族とは縁もゆかりもない出自だとばれたら、困るのはあいつの方ではありませんか」

そうであった。我々には切り札があったのだ。周王も自分の寵姫が下賤の出だと知ったらさぞ不快であろうし、褒姒もそれを知られたくないに違いない。

それに気づくと良はようやくほっとして宴の席に着いた。

ほどなく、周王とその寵姫が部屋に現れた。

宴席の上座は一段高い所に設けられていた。そこには見事な細工を施された卓と長椅子が置かれていた。

周王が腰を下ろし、寵姫はその横に艶然と寄り添って座った。

「見ろよ、あの自慢げな様子」

「分をわきまえない者の尊大な態度は滑稽だな」

上座にまで届かないよう、小声でにやにやと話す者もいる。

にこやかな周王の横で、寵姫は一同をゆっくりと見わたした。そして周王の耳にささやく。

「一人残らずおりますわ」


宮涅はうむと小さくうなずき、杯を手にした。

「此度は足労であった。勇ましい兵たちと一献傾けたいという我が願いがかなった。聞けばここにいる褒姒の故郷の者たちとか。これぞまさしく天の配剤。周と褒の交誼はますます深くなるであろう。さあ、祝おうではないか」

褒姒が宮涅の杯に酒を注ぎ、宮涅は一気に飲み干した。

「さあ、そなたたちも飲むがよい」

そこかしこから喜悦の声が上がる。喉を鳴らし男たちは酒を次々と飲み干した。

しかし二杯目を所望する者はいなかった。

身を震わせながら杯を落とす者、うなり声を上げて苦しみだす者が続出し、宴席は阿鼻叫喚の場と化した。

「騙したな」

「な、何を入れた」

「南方から取り寄せた鴆毒《ちんどく》のお味はいかがでしょうか」

男たちの苦しみ悶える様子を見ても表情を変えることなく褒姒は淡々と言った。

鴆は毒を持つ鳥で、その羽根を浸した酒を飲むとたちどころに死に至る。

「私が王にお願いしたのです。私が味わった苦しみを味わわせたいと」

そう言いながら褒姒は手に持っている杯を掲げる。ほかの杯とは違う、変わった形の杯だった。

「これは犀の角で作った杯。これに入れた水を飲めば鴆毒は消えると言われております。ここまでたどり着けた方にだけ差し上げますわ。さあ、死にたくなければここまでおいでなさい」

苦痛と怨嗟の声が入り交じる。がくがくと痙攣する者、喉を掻きむしる者、中にはもう息絶えたらしき者もいる。何とか動ける者でも立ち上がることはできない。力を振り絞り褒姒を目指し這って進みはじめた。

そのさまを褒姒は薄笑いを浮かべて眺めている。なんという惨めな姿か。徒党を組み、肩で風を切り弱い者を蹴散らし歩いていた男たちが、自分の目の前で無様に這いつくばり死にかけている。褒姒は胸のすく思いだった。鴆の毒は強力で、這っているうちに力尽き、一人また一人と絶命していく。一人死ぬたびに自分の心に積み重なっていた澱が勢いよく流されていくような爽快感である。

奇跡的に最後の一人が褒姒の前にたどり着いた。

「忠殿は昔から体が丈夫でいらっしゃったわねえ。さすがですわ」

「早くそれをよこしやがれ」

忠は血走った目で褒姒を睨みつけた。

「そんな乱暴な声で言われても差し上げられませんわ。もう少し優しく言ってくださいませ」

「そんな呑気なこと言っている場合じゃねえ。よこせ。早くよこせ、この余所者が」

その言葉に褒姒の眉間にぎゅっと皺が寄る。そして次の瞬間、褒姒は手にしていた杯を逆さまにした。あっという間に水が床に広がった。

「あら、びっくりしてこぼしてしまいましたわ。昔水汲みであなた方によくいじわるされたことを思いだしました。懐かしいですわね」

獣の咆哮のような忠の絶叫が室内に響きわたった。必死で手を伸ばすも、もはやそこにたどり着く力はなく、そのままの姿勢で忠はぴくりとも動かなくなった。

「恥を存分に雪いだようだな。見事であったぞ、褒姒よ」

宮涅は室内が静まり返ると褒姒を労った。

「機会を与えてくださった周王様に感謝いたします」

褒姒は宮涅を振り返り、にっこりとほほ笑んだ。その笑顔に宮涅は満たされた気持ちになるのであった。


良はとうの昔に腰を抜かしていた。褒姒を止めることも、その場から逃げることもできず、目の前で繰り広げられていく地獄絵図から目をそむけるのが精いっぱいであった。

嫌な予感は的中した。

しかし周王の許しがあるとはいえ褒姒がここまでのことをするとは考えてもみなかった。

自分たちは、褒姒は奴隷だった過去を周王には隠していると思いこんでいた。しかしあの様子では周王はそれを知っている。知っていてなお褒姒を傍らに置いているということは、周王の心の深くにまで褒姒が食いこんでいることにほかならない。

この女の我らに対する恨みは深い。それは今眼前で繰り広げられている光景で明らかだ。もし褒姒が褒を滅ぼしてほしいとねだれば、周王はそれをためらいなく実行するだろう。

褒姒をここに送ったのはほかならぬ自分である。そのせいでとんでもない災いが褒に跳ね返ってくるかもしれない。

そんな悲惨な未来に考えをめぐらすうちに、良はふとあることに気がついた。

なぜ自分は死んでいないのか。

自分も酒はさっき飲んだはずなのだが。

「良様のお酒には毒は入れておりませぬ」

自分の心の中を読まれたような答えが返ってきた。

いつの間に近づいたのか、自分の正面で褒姒がほほ笑んでいた。

今まで見たこともない美しい笑顔である。それなのに恐怖で良の体がおののく。腰はまだ抜けたままである。

「な、なぜ」

「褒侯様のご子息にやすやすと死んでいただくわけにはまいりません。まずは褒侯様にお手紙を書いていただきましょう。自分の隊が王の目に留まり召し抱えられたので、しばらく帰れないが安心してほしい。そう書いていただけますかしら」

そう話す褒姒の後ろで宮涅が叫ぶ。

「誰かある。部屋の片づけを。それから何か書く物を持て」

その声に従僕が集まり、膳や料理、忠たちの死体までをも黙々と下げていく。後から入ってきた一人が紙（当時の紙は絹の布を指す）や筆などを良の前に並べてゆく。

「さあ、お書きくださいな」

褒姒に促され良はおずおずと筆を執り、先ほど言われたとおりの文章を紙に書きはじめた。

これで助けも呼べなくなってしまった。

「良様には特別なお部屋を用意してございますので、そちらでおくつろぎください。誰かご案内して」

入ってきたのは二人の兵だった。なぜ兵が、と不審に思った良は急いで立ち上がろうとしたが、その脚はふらついていてうまく動かない。両脇を兵に支えられようやく立ち上がった良の手にはめられたのは重い梏《こく》（手枷《てかせ》のこと）であった。

「これは」

良はすがるような目で褒姒を見たが、

「ですから特別なお部屋でございます。後ほどご機嫌伺いにまいりますわ」

と、褒姒はにこやかに言い放った。

兵に連れられた良がたどりついたのは冷たく暗い岩牢であった。

良はうなだれて牢のすみに座った。体が重いのは梏のせいだけではない。自分の命どころか褒の存亡にもかかわるかもしれない事態の重さが良にのしかかっている。自分の何が悪かったというのか。何をどこで間違えたのか。褒の後継者として妥当な判断をしてきたつもりであった。

事の起こりは褒が派遣していた一人の男の不祥事である。褒侯が推薦し官吏として王宮で働いていた男が、事もあろうに後宮の女と通じてしまった。本人たちは純粋な気持ちであったのかもしれないが罪は罪である。男は投獄され、女は後宮を追放された。

しかし事はそれだけでは収まらなかった。褒侯がこのような男を推挙した責任を問われたのである。追放した女の代わりに褒一族の娘を差し出せ、と。要するに人質である。

褒侯は一族の娘は送らないと決めていた。では一体誰を行かせればよいのか。後宮に入るといえば聞こえはいい。しかし王の目に留まらなければ一生飼い殺しのようなものである。しかも当時の周の宣王は老齢で太子もとっくに宮涅と決まっていた。たとえ寵を得て男児を設けたとしても王位に就ける可能性は限りなく低い。自薦はおろか娘を積極的に売り込む親などいるわけがなかった。

そこで考えついたのが奴隷女の中から顔立ちのよさそうな女を探し、褒侯の養女にすることで体裁を保つ方法であった。近親者が少なければ少ないほど周囲からの文句も出にくい。そこで白羽の矢が立ったのが余所者でなおかつ身寄りもないという絶好の条件を満たした褒姒であった。

改めて褒姒の顔を確認してみると、思った以上に整った顔立ちをしていた。埃と垢で薄汚れているが磨けばかなりのものになると確信した。さっそく父親の褒侯に報告し、褒姒を養女にすべく動いたのであった。本人にとっても奴隷でいるより王宮で「飼われて」いた方が幸せだろうし、これなら誰も不幸にならずにすむという、隙のない計画だったはずである。

しかしその結果が先ほどの光景であった。

どこで何を間違えたのか。いや自分の判断は正しかったはずである。ではなぜ……。

しかし今さら考えたところで時が戻るわけでもない。今はとにかく生きてここから出ることを考えなければ。しかし牢に入れられるときに梏ばかりか桎《しっ》（足枷）までつけられてしまっている。せめて自由に動けたら。

良が考えをめぐらせていると、牢の外で人が話している気配がした。

「誰も入ってこないでくださいね。何かあったら大声を出しますから大丈夫です」

「お気をつけて」

薄暗い牢に褒姒が現れる。暗い闇夜に満月が昇ってきたかのようだった。

「お元気そうでよろしかった」

褒姒は牢の戸を開け中に入り、適当な大きさの岩に腰を下ろした。良を桎梏《しっこく》で身動きを取れなくしているので安心しているのだろう。

「酒宴の際はご挨拶もできませんでしたので改めて。ご無沙汰しております、お懐かしゅうございますわ」

言葉遣いこそ丁寧だが、かつての主人と奴隷の立場は完全に逆転していた。

「おまえ、いや、褒姒様は私をどうなさるおつもりですか。私は褒を継ぐ身。いつまでも帰らなければ父も怪しみますよ」

褒姒は答えない。

「あなたは我々を恨んでいるのでしょう。褒を滅ぼすおつもりか」

「相変わらず自分勝手な方」

褒姒がやっと口を開く。

「どうして私が褒を滅ぼしましょう。私はあの国が大好きでした。赤茶けて乾いた広い大地も、遠くに見える山々の眺めも、思いだすと胸が締めつけられるようです。だって物心ついてからずっと住んでいたのですもの」

「ではなぜ忠たちを殺したのですか」

「私が受けた痛みをお返しした。それだけですわ」

褒姒は良を見つめて言った。

「ねえ良様、私は何か皆様にご迷惑をかけましたでしょうか。褒の人間ではない、どこで生まれたかわからない。それが皆様にどんな災いをもたらしましたでしょうか。私は褒が好きだったからこそ皆様に受けいれていただきたかったのです。でもそうしてくださる方は誰もいませんでした。私はそれがなぜなのか今でもわかりません。なぜ私は疎まれなければならなかったのでしょうか」

——良は父の褒侯が教えてくれたことを思いだした。

「民は概して余所者を嫌う。誰しも『知らない者』に対しては警戒心を持つものである。

もしうまく回っていた社会に新参者が入ってくると勝手が変わり、それまで通りにうまく事が回らなくなりぎくしゃくしてしまう。誰それの子、誰それの孫といった血筋のわかる同胞ならば、うまく回るよう協力したりいらだちを我慢したりすることもできよう。しかし素性が全くわからない存在が相手であると、『知らないこと』への恐怖も手伝ってそうした努力は一切拒否してしまうものなのだ。一度拒否したら相手がいくら打ち解けようと努力しても門戸が開くことはない。

そして異物を排除することで、元のまとまりは一層結束が強まる。その結束の中にいる者は、そこが心地よければ心地がよいほど抜け出す者はいない。我が身を危険にさらしてまで異物を受け入れようとするよりも、心地よい場所を守りたいものなのだ。

これは理屈ではない。人の性根の部分なのだ」

父の為政者としての目は的確だと良は思う。たとえ生まれたときから一緒に住んでいたとしても狼を人が受け入れるであろうか。いつ喉元を食いちぎられるかもわからない者に警戒を解けるであろうか。

褒姒に対し民はごく当たり前の対応をしたに過ぎない。忠たちにしてもそうだ。自分たちが命を奪われるほどひどいことをしたとは露ほども思っていなかっただろう。しかし狼の側からはそれを理解することはできない。

そしてもう一つ。民は自分より下のものを欲しがるのだ。下には下がいる。そう思うと人は安心し優越感を感じる。民を導くのが為政者一族の役目であるように、民に心の安寧を与えるのが役目の者も世の中には必要なのである。

どこの国で生まれたのか、親はどこの血筋なのか、まったくわからない。さらに庇護者もなく、たとえ殺しても嘆く者も怒る者もいない。そんな褒姒はまさに最下層で生きる者として褒に遣わされたような存在であった。そういうものとして生まれ、そういうものとして扱われ、そして一生を終えるはずであったのかもしれない。

「それがあなた様の定めであったとしか私には申し上げようがございません」

褒姒の問いに良は答える。

「定め、ですか」

褒姒はがっかりしたようにつぶやいた。

「しかしこちらにいらして周王の寵を得たのもまた定めでしょう。これからのことを見つめ生きていかれるべきだと思います」

囚われの身であることを忘れ良は褒姒を諌めていた。身分が逆転したとはいえ、話をしているうちに良の中では目の前の女は元の奴隷女に戻っていった。本来ならこんな愚痴を垂れ流すことすら許されない存在なのに、後ろ盾ができたとたん図々しくなるものだと、半ば辟易していた。

「昔のことを忘れて生きていけるほど私は立派な心を持ちあわせてはおりませんの、あなた様のように」

褒姒は良をじっと見すえて意を決したように口を開いた。

「では、あのとき私を手放したくないとおっしゃったこともお忘れなのですね」

褒姒が宮涅に言えなかったことが、たった一つだけあった。それはかつて自分がこの男を恋い慕っていたということだった。

良は言葉に詰まった。

「なぜあのころ毎晩私を訪ねていらしたのですか。私はもしかしたらあなた様の妻になれるのかもしれないと思っておりました。私が周へ送られるとわかったあと、どうしてあのようなお言葉をおっしゃったのですか。あれは嘘だったのですか」

褒姒の言葉に、良は腹の中で叫ぶ。

たかがそんなことのためにこの仕打ちか。

奴隷や使用人に雇い主が手を付けるのはよくあることで、確かに美しいとはいえしょせん奴隷である。妻にするなど天地がひっくり返ってもありえないことなのだ。良にとっても褒姒にだけそういった振る舞いをしたわけでもないし、嘘だの真実だのという深い意味を持つおこないだとも考えたことはない。そもそも自分がそんな言葉を口にしたことすら覚えていなかったほどである。

良は嘆息した。

妻になることを望んでいたなどとは、後ろ盾があろうとなかろうと元からこの女は図々しかったのだ。忠たちへの恨みにしても過去のことをいちいち根に持っているとは付き合いきれぬ。この世の春を味わっているのだから、それにただ浸っていればよいものを、なんと面倒な女であろうか、と。

そのとき良は、はたとある考えに行き着いた。こんな恨み言をわざわざ言いに来るということは、この女はまだ自分に未練があるということではないか。もしそうであれば気のあるそぶりを見せておいて懐柔し、ここから出してもらえるようにうまく丸めこむのが得策ではないか。

「褒姒様、あのとき私はこの世にこんなに美しい女がいるのかと夢を見ているような気持ちでした。そしてその美しさに惑わされてしまったのです」

「良様、お世辞はおやめください。私は本当のことが知りたいだけなのです。あの夜のことは嘘だったのですか」

しかし良は続ける。

「でも、あなたは周に嫁ぐ身でした。私の思いは心に秘めておくべきだったのです。あなたが去ったあと、私はこう思うようにしていたのです。あなたは私の夢の中の人だったのだと。夢の中のことであれば忘れることもつらくないと」

良は世辞をちりばめた舌先三寸を見破られまいと、必要以上に熱弁をふるった。

「しかし再び出会えた。夢ではなく」

その言葉に、褒姒はゆっくり立ち上がり良に近づく。そして腰をかがめ良の頰に優しく手を当てた。

「褒姒様、あのときと変わらずお美しい」

うまくいきそうだ。良がそう思った瞬間、

「人は嘘をつくとき饒舌になるものですわね」

褒姒は懐から短剣を取り出すと良の左耳にためらいなく突き立てた。

ぶちぶちと皮膚の切れる音が岩牢に響く。良は絶叫した。血の音がぼたぼたとする。梏のせいで耳を自らの手で覆うこともできない。そのせいなのか痛みがいまだかつてない速さで良の体内を駆けめぐる。

「なぜ……なぜこんなことを……」

「私の申し上げていることが聞こえないのかと思いまして、こんな使えない耳は切り落とした方がよろしいかと。だって嘘なのか本当なのかうかがっているのに違うことばかりお話しになるものですから」

褒姒はにやりと笑う。

「本当に私のことを思ってくださっていたなら、真実《まこと》であった、の一言で済みますのにねえ」

良は痛みと恐怖でがくがくと震えた。顔の左側がずきずきと痛む。ずっと心の中で見下していた女が、もはや自分には太刀打ちできない恐ろしい怪物になっていたことに良はようやく気づいた。

そう、褒姒の未練や悲しみはあの烽火台の上で復讐へと完全に変化を遂げていた。良の疑問に解答を示すのであれば、褒姒の傷の深さ、そして心の変化に思いが至らなかったことであろう。

「あなたを忠たちと一緒に殺さなかったのは、あなた様が私に一番ひどいことをしたと思っているからでございます。すぐに殺してしまうのではとても足りないくらいに。私はあなた様に裏切られたと悟ったときから、心が何も感じなくなってしまったのです。もしかしたら壊れてしまったのかもしれません。ですから同じことをあなた様にもお返しいたしますわ」

「い、痛い、痛い……すまない。お願いだ、許して……」

褒姒は苦痛を訴える良の顎を持ち、顔を上にぐいと向け、切り取った左耳を持ち主の口の中に押しこんだ。

「うぐぁ」

良は奇妙な叫び声を上げた。

「良さま、うるさいですわ。耳はお返ししますからおとなしくしてくださいませ。あらあらどうしましょう、服が汚れてしまったわ」

短剣を布で拭きながら褒姒は立ち上がり、自分の衣服についた返り血を気にしていた。

「今日は片耳だけで勘弁してさしあげますわ。次に来るときにはどこを切ろうかしら。

ふふふ、また参りますね」

顔を真っ青にして脱力している良ににっこり笑いかけると、褒姒は軽やかに牢を後にした。

自分の耳をくわえたまま良は失禁し嗚咽していた。口の中には生温かく軟らかい感触と血の味が広がっている。痛みと恐怖と絶望が良の心の中から冷静な判断力や知性をどんどん追い出していく。

——もう一生ここから出られない。あいつは私を殺す気なんだ。殺される……いつ？　次はいつ来るのだろう。どこを切られるのだろう。これ以上痛いのは嫌だ。いつ死ぬことができるのだろう。痛くなく死にたい。そうだ、この耳はどうしよう。口から吐き出したら地べたに落ちて汚れてしまう。またつけることができるかな。大事な私の耳……耳……。

ごくり、と良は耳をのみこんだ。

耳は胃に到達することなく良の喉の中にとどまった。

翌日、宮涅と褒姒のもとに牢の番人が良の死を報告に来た。

「もう亡くなってしまわれたの」

褒姒は拍子抜けしたようにつぶやいた。

「そなたは恥を見事に雪いだではないか」

「でも、まだ私の苦しみのすべてをお返ししていなかったのです」

宮涅の言葉に褒姒が反論する。

「そうか、そなたの苦しみはそれほど深かったのだな。なんと哀れな。おいおいその傷を癒やしていこうぞ」

「死体はどういたしましょう」

番人の言葉に褒姒はすぐに答えた。

「私の部屋の庭先に置いてちょうだい。あとでお別れをしたいから」

あまりにあっけなく死んだ良に対し、褒姒は憤懣を抱えている。気が済むまであの男の体を石で打ち、切り刻みでもすれば憎しみも和らぐかもしれない。良の体に短刀を突き立てる瞬間に思いをはせ、褒姒の口角が上がる。

「そなたに笑顔が戻ってなによりだ」

宮涅は褒姒のそんな笑顔を無邪気に喜んでいた。

「烽火台に案内してくれた虢石父に感謝せねばな」

「そうですわね」

そう答えた褒姒が何か考え込むような様子でしばし黙る。

「どうしたのじゃ」

「いいえ、たいしたことではございません」

「申してみよ」

「私、何か大事なことを忘れているような気がするのでございます。それが何なのか思いだせずにおります」

「今それが思いだせなくて、そなたは不都合を感じておるのか」

「いいえ、特には」

「では大事と思いこんでおるだけで、おそらくそうでもないことなのであろう。いずれゆっくり思いだせばよいではないか」

「それもそうですわね」

「そういえば、今宵も尹球が酒宴を催してくれているぞ。その席で虢石父をびっくりさせてやろうではないか」

「まあ、何をお考えですの」

「うむ、虢石父に高い地位を贈ろうと思っておる。今宵内示をしてやろうと考えていた」

「まあ、きっと喜びますわ」

二人は寄り添って部屋を後にした。

褒姒の笑顔を取り戻し自らに自信を持ち始めていた宮涅と、権力をふるうことに目覚めた褒姒。一見睦まじく見える二人はお互いの心根をまったく理解していない。しかし褒姒の意識の変化と宮涅の自身に対する過大評価は奇妙な部分で嚙み合い、勢いよく回りはじめ、周の滅亡を加速させていくことになる。

「虢石父を卿に叙する」

褒姒を笑わせることに貢献したとして、宮涅は虢石父に破格の待遇で報いた。卿は大夫の中でも特に功のあった者に与えられる最上位の地位である。

この任命に呆れかえる諸侯は多かった。

特に能があるわけでもなく人望もない男が、王の寵姫を笑わせただけで高位に就いたのである。はたから見ればなんともでたらめな叙任であるが、宮涅自身は大真面目なのだからたちが悪い。

このときを境に諸侯の宮涅への忠心は急激に衰えていく。国の行く末を憂い諫める者はもはやいない。国の舵取りは急速に迷走を始めた。

一方、虢石父は降って湧いたようなこの大出世に狂喜乱舞していた。あとは褒姒を王后に、伯服を太子にすれば、自分の孫子の代も地位は盤石である。ここが好機とばかりに申后と太子宜臼についてのさまざまな讒言を宮涅と褒姒に吹きこみだした。

烽火台の一件以来、褒姒は自分に対する敵意に過剰に反応するようになっていた。そしてそういう輩に対しては良や忠のように徹底的に排除するべきだという信念を持つようになっていった。そこへ虢石父がありもしない申后と宜臼の陰謀を吹きこんだため、褒姒は二人に対し疑心暗鬼を募らせていた。

「申后様と宜臼様は私が邪魔なようなのです」

そんな褒姒の訴えに、宮湦も以前から先送りにしていた問題に結論を出さざるを得なくなっていた。

実は宮湦は心の中ではとっくに結論を出していた。自分にとって褒姒こそが真の王后であると確信したからには、申后と宜臼を廃し褒姒と伯服を新たに立てるべきであると。しかし一度立てた王后と太子はよほどの過失がなければ廃することは難しく、半ばあきらめていたことでもあった。

「宜臼になにか咎でもあれば廃することもできよう」

宮湦は何の気なしに言った言葉だったが、褒姒はそれを聞き逃さなかった。

「宜臼様に瑕疵があれば周王様は太子を廃するご意思をお持ちです」

虢石父や尹球などの寵臣はそれを聞き、申后と宜臼の身辺を探る間者を放ったが、特に何も見つからず時だけがいたずらに過ぎていった。

宜臼の身の処し方が完璧な一方で、伯服は体が弱く咳きこんだり熱を出したりしては周囲を心配させた。まだ幼年のせいもあるが、宜臼が幼いころにはこのようなことは一度もなかったのを宮涅は覚えている。比べてはよくないと思っているが、伯服よりも宜臼の方がはるかに出来はよい。しかし心配事が多ければ多いほど、伯服の方が息子としてかわいくなっていく気持ちを宮涅は抑えられなかった。

「そんなに簡単に人は死にませんわ」

むしろ褒姒の方は伯服に対し執着がなさそうな様子で、不安げな宮涅をなだめる方に回っていた。そういったこともあり、宮涅はなんとか丈夫な体にしてやれないかと伯服を案じ、高価な薬や珍しい食べ物を取り寄せては届けさせていた。

その日も夜半に伯服が熱を出したとの知らせが入り、まんじりともせず宮涅は朝を迎えた。

「周王様、このようなものが王宮の庭に放りこまれていたとのことです」

尹球が宮涅のもとへ駆けこんできた。手にしていたのは一本の竹簡である。そこには「太子が伯服を呪っている」とだけ書かれていた。

「なんじゃこれは。誰が書いたのだ」

昨夜熱に浮かされる伯服を見舞っているだけに宮湦の怒りはすさまじかった。

「ぞ、存じません。今朝、庭で見つかったということだけしか。このような字を書く者も思いあたりません」

「これを書いた者を見つけだせ。それから宜臼を直ちにここに連れてまいれ」

ここに書いてあることが本当であれば、伯服が病弱なのは宜臼が呪いをかけていたせいにほかならない。品行方正なふりをして裏でこんな卑怯なことを企んでいたとは。

「父上、宜臼でございます」

知らせを受けて宜臼が宮湦のもとに現れた。

「宜臼よ、余にこのようなものが届いたのだが、お前に心当たりはないか」

見せられた竹簡に宜臼は仰天した。

「このようなことは断じてございません。伯服は、母は違えども私の血を分けた弟でございます。その弟をどうして私が呪うでしょうか」

「では、これが嘘だとお前に証明できるのか」

宜臼は黙って下を向く。

「もし嘘であっても、王になろうというものがこのような疑いをかけられることはあってはならん。しばらく謹慎するがよい」

ここであれこれ言い訳をしても無駄と思ったのか、宜臼は一礼してその場を去った。

宜臼はその足で申后のもとへ向かった。

「母上、おじいさまに使いを出してください。私をしばらく申の国内で匿っていただきたいのです」

宜臼の突然の申し出に申后はただならぬ雰囲気を感じ取った。

「何があったのですか」

宜臼は王宮に竹簡が投げこまれたこと、そこに書かれていたのは自分が伯服を呪っているという内容であったこと、宮涅に召され、先ほど謹慎を命じられたことを手短に説明した。

「私は潔白です。おそらく私を陥れようとしている者の仕業かと思いますが、あまり弁明すると父上のご不興を買いそうでしたので、ほとぼりが冷めるまでしばらくここを離れようかと思っています」

「ご自分の息子を疑うとは何ということでしょう。このごろはあまり感心できない者ばかりで周囲を固めてしまって、あの方はすっかり変わられてしまったわ。常々申し上げたいことがありましたが、よい機会です。私が行ってあなたの父上と話をしてまいります」

　申后もこれは誰かの陰謀であろうと察しがついていた。しかし肝心なのはその企みに宮涅も加わっているのか、それとも宮涅も騙されている側なのかという点であった。自分たち親子を廃后・廃太子するために宮涅が主導していたのであればもう最悪の事態は避けられない。しかし宮涅の決断を促すために誰かが仕組んだのであれば、宮涅がこのような攪乱《かくらん》に惑わされぬよう説き伏せ誤解を解くことはまだ可能である。

「手遅れでありませんように」

　申后は祈るような気持ちで宮涅のもとへ走った。

「周王様に申し上げたいことがあります。ここを通しなさい」

警護の兵を振り切り申后は宮涅の前に進みでた。

「宜臼のことでお話がございます」

「あいわかった。皆はしばらく下がっておれ」

久しぶりに向かい合った申后は、随分と老いて容色が衰えたように宮涅には見えた。それは申后に己が苦労をかけているせいであることに宮涅は思い至らない。

「宜臼のこととは」

宮涅が切り出す。

「密告文のようなものが届いたと聞いております」

宮涅は申后に先ほどの竹簡を手渡した。

申后は竹簡をまじまじと見つめて言う。

「これだけで宜臼が怪しいと決めつけることはできないのではないでしょうか」

「しかし、やっていないという証拠を宜臼は出せなかったぞ」

「やったという証拠もございませんわ。まずはことの真偽をきちんと調べた方がよろしゅうございませんか」

「今調べておるところだ」

「では調べがついてから沙汰を出したらいかがでしょう。後になってもし無実だとわかったときに、周王は罪もない者を裁いたという悪い評判が立ちます」

打てば響く。以前は憧れてすらいた申后の賢さが今の宮涅には忌々しく感じられた。

「いま一度お考え直されてはいかがでしょう」

申后の言っていることはおそらく正しい。それは宮涅もわかっている。これまでの宮涅であったら一も二もなく申后の意見を採りいれていたであろう。しかし、烽火台での事件で宮涅は自身の能力を過信するようになった。引く気は露ほどもない。

「お前は宜臼がかわいいからそう言うのであろう。しかし昨夜伯服が高熱を出して苦しんでいたのだ。そして朝これが届いた。まるで昨夜の高熱の原因は宜臼の呪いだと言わんばかりにな」

「伯服殿がご病気のときをねらってこれを書いたとは考えられませんか。あなたに信じこませるために」

「伯服が伏せっているのを知っているものはわずかしかおらん。そなたまさか褒姒を疑っておるのか」

「そんなことは申しておりませんわ。ただそういうことを考える者もいるかもしれないということです」

やはりこの女は褒姒を敵視していると宮湦には思えた。虢石父の讒言は十分にその効果を発揮していた。

「そなたこそ宜臼と共謀して、伯服と褒姒を呪っているのではないのか」

申后の表情がにわかに険しくなった。日頃冷静な申后が憤りを隠しもしない。

「私をそのような女とお思いになるのですか。私は今まで周王の妻としてふさわしくあろうと生きてきたつもりです。太子を産み育て、あなた様を支えてまいりました。その私をそのように悪しざまにおっしゃるとは、あの女がそんなにかわいいのでございますか」

褒姒の話を出され、宮湦の脳裏に彼女のしおらしい面影が浮かんだ。これまでひっそり生きていた女が初めて見せてくれた晴れやかな笑顔。

そう、余はあの女に生きる喜びを与えただけだ。これまでの人生で得られなかったものを、この私の慈悲の心で満たしてやったのだ。幸薄い女を救った余を、何一つ理解しようとしないとは何たることか。

そう考えるうちに、宮涅には目の前の申后がだんだんと贅沢で嫌みな女に見えてきた。この女ときたらどうであろう。良家に生まれ、容姿や才に恵まれ、良縁を得、これまで何不自由なく生きていたというのに満足するということを知らぬのではないだろうか。まだこれ以上何を欲しがるというのだろうか。

「それ以上言うな。でないとそなたも宜臼と同罪とするぞ」

宮涅が発した言葉に、申后は雷に打たれたかのように身を震わせ絶句した。しばらく茫然としていた申后は、やがて声を詰まらせながら言った。

「私はあなた様のことをお優しい方と信じておりました。でも、それは思い違いだったのですね」

宮涅は怪訝そうな表情をした。

随分と訳のわからぬことを言う。余が今までどれだけ厚く遇してきたか、この女には伝わっていなかったのか。

申后の目から大粒の涙が次々とこぼれ落ちる。その眼差しは恨めしそうにも、怒りにたぎっているようにも見えた。

美しくない。

そう呟く代わりに宮涅は大きくため息をついた。

同じ泣き顔でも、褒姒とは比べ物にならない。むしろ宮涅には醜悪とさえ映った。すべての女があのように美しい泣き顔を持っているわけではないのだ。やはり褒姒は自分にとって特別な女だ。宮涅はそう再認識した。

「申后よ。そなたには笑っていてほしかったのだがな」

申后の顔色がさっと変わった。そして諦めのような表情を湛え、何も言わずその場からよろよろと去っていった。

男というのは勝手なもので、心が離れた女が泣くのは美しいとは思えない。その流す涙の原因が自分にあるときは尚更なのである。

後日、申后と宜臼は廃位された。新しい王后を褒姒に、そして太子を伯服とすることを宮涅は高らかに宣言した。

◆

「私の力ではどうすることもできませんでした」

宜臼を伴い申后は打ちひしがれて申国に戻ってきた。それを出迎えた申侯は宮涅に対し、はらわたが煮えくり返るような怒りを抱いた。

為政者としての才覚はまったくない男だと太子時代から思っていた。それでも周王として戴いていたのは娘の夫であり宜臼の父親だったからである。

娘を通じてできるだけ正道に導こうとしたが、長年の努力は無駄に終わった。宮涅は未だに尹球や虢石父などという佞臣《ねいしん》ばかり重用し、褒姒の機嫌を取ることばかりに血道をあげている。

本人のことはあきらめ、父親よりも聡明な宜臼が王として即位すれば周は正しい方向に向かうと信じていた。しかしその宜臼までも廃そうとしている。

このままにしておけばいずれ周は滅びてしまう。臣下としてなんとしてもそれは避けたい。

この諫言が最後と思い、申侯は宮涅に手紙をしたためた。

「夏の桀王《けつおう》と末喜、殷の紂王《ちゅうおう》と妲己の例にもありますように、君主が美女に溺れたために国が亡びることがございます。今の周はそれと同じ。それを見過ごすことは臣下としてできません。どうか目を覚ましていただきますよう」

しかし、この手紙は宮涅の胸にはまったく響かなかった。

「褒姒様を末喜や妲己のような悪女に例えるとは。申侯は申后様と宜臼様が冷遇されたことを恨みに思っているのですよ。宜臼様が褒姒様と伯服様を呪詛しているというわさもあります。宜臼様を捕らえて処罰された方がよろしいのでは」

虢石父が真実と嘘を織り交ぜ進言する。

「まったくじゃ。私をよいように扱って周を掌握しようとしていたのは申侯の方ではないか。使者を遣わし、申侯に宜臼を引き渡せと命じよ。応じねば申に攻め入るとな」

周王の言葉を告げた使者を申侯は激怒して追い返した。諫言が届かぬばかりか宜臼を罰しようとする周王を、申侯はこれ以上許すことができなかった。

「もう周との戦いは避けられぬ。しかし攻め入られては申が滅ぼされてしまう。ありとあらゆる手を打たねば」

その日、申侯は馬車に金銀や絹などの財宝を積み、密かに申を発った。目的地は北西の辺境、犬戎の拠点であった。

犬戎はたびたび侵入を繰り返して略奪を行った周辺異民族であり、周もその対策に苦慮していた。犬戎の長《おさ》とは幾度か和睦の席で面識があり、使者のやりとりもしていた。

しかし長との対面の場に出てきたのは、つい最近長を継いだという男だった。聞けば先代長の末子で、まだ若いようにも見える。

「使者も立てずに突然お越しになるとは、いかなるご用件か」

長は申侯の来訪を警戒している。そんな長を申侯は冷たい目で観察した。

(やりにくそうな男だ。しかもこの尊大な態度。犬戎風情が生意気な)

申侯は犬戎と対面するときに、その姿かたちばかりではなく着ている物すら不快に思っていた。体に布を巻きつけただけのようなむさくるしい衣服だ。髪もただ結わえただけの者や頭に布を巻きつけている者もいる。膝から下は、獣の革か何かで覆っているように見える。いくら馬にまたがるのに便利だとはいえ、品位や優雅さのかけらも感じられない。奴らの風采は野の獣とどこが違うのか。

所詮は蛮族だ。そう思いつつも、その蛮族の力を借りねばならないという現在の状況が申侯をよけい不機嫌にした。

（獣ならばうまく手なずけて使うほかない。迷っている暇はないのだ）

「火急の件である。周が我が国に進攻しようとしている。先手を打って都の鎬京を襲い周王と太子を殺していただきたい。もちろん我が軍も行動を共にする」

「ずいぶんと物騒な申し出ですな。少々考えさせていただけないか」

長は返事を渋る。

「ただとは言わぬ。表に出られよ」

申侯は自分の乗ってきた財宝の積まれた馬車を指さした。

「すぐに返事をいただければこれを置いていこう。目的を遂げた暁にはこれと同じものをもう一台差し上げる。いかがか」

財宝を積んだ馬車と申侯を代わる代わる見ながら少しの間考えると、長は口を開いた。

「よかろう。で、やるのはいつだ」

申侯はほっとした顔つきで答える。

「今日からちょうど十日後の夜明けに。そなたらが国内に入っても道をふさがぬように諸侯に根回しをしなければならん。ただし、鎬京に入るまでの他の国は略奪や暴行はしないと約束してほしい」

「よかろう」

「仔細は追って使者を送る。くれぐれも頼んだぞ」

財宝を引き渡し申侯は帰路に就いた。申侯の姿が地平線に消えたあと犬戎の戦士が進言した。

「長、よろしいのですか、このようなことを請け負って」

長はにんまりと笑いうなずいた。

「周王の舅がこんな頼みごとをしてくるくらいだ。周の土台はガタガタだな。要するに申侯は周王と太子を殺すという汚名を被りたくないということだろうさ。それを代わりに被ってやるからには馬車二台の財宝は割に合わん」

「それではなぜ」

戦士がいぶかしげに言う。

「途中の国は素通りでも鎬京に入れば我らは好き放題できるなあ」

戦士はあっという顔になった。

「我らを甘く見てもらっては困るということを申侯にも教えてやらんとな。皆に伝えろ。十日後大仕事が待っているから弓矢の手入れをしておけとな」


国に帰ると申侯は、さっそく諸侯宛の手紙を二種類書いた。一つは「犬戎と申で会談するため、犬戎の通行を妨害することなきよう」と、そしてもう一つにはこう書かれていた。

「周王が烽火をむやみに上げたのは寵姫である褒姒を楽しませるためである。戯れに烽火を上げ、兵を疲弊させるとは王として言語道断である。申国は以後烽火が上がろうと参集しないことを決意した。周王に考えを改めていただくためにも諸侯にご賛同いただきたい」

　我らの兵に対抗するため烽火を上げられても兵が集まらなければ十分勝算はある。申侯はこの二通の手紙を持たせた密使を各国に放った。もう後戻りはできない。申侯は大きく息をはきだした。

◆

　約束の日、犬戎の長を迎えた申侯は念を押した。

「標的はわかっているだろうな」

「周王と太子だろう。お安い御用だ。それより周にはたいそうな美人がいるそうじゃないか」

　褒姒の話題に申侯は苦虫を嚙み潰したような顔になる。

「その女はくれてやる。煮るなり焼くなり好きにするがいい」

　そう、あの女がそもそもの元凶であった。初めて現れた酒宴で、陰気にうつむいていた褒姒の姿が頭をよぎる。あのとき甘く見るのではなかったと申侯は悔いる。

「そりゃありがたい話だ。ではそろそろ行くかね。申侯様こそいまさら逃げたいとか言いだすなよ」

「そんなことは断じてない。行こう」

申侯は馬車に乗りこみ、犬戎たちは馬にまたがり大地を駆け抜ける。その数およそ一万騎の大軍であった。

勝手気ままに走っているように見えるが犬戎は実に効率よく馬を走らせていると、申侯は長から聞いたことがある。長は状況を把握しながら走る速さを微妙に調節して隊をまとめる。戦士たちは体力のある馬を前に出して風よけにさせ、疲れた馬は後方に下げ体力を温存させる。馬と寝起きを共にし、自分の馬の健康状態を把握することで培われた犬戎ならではの能力である。そして馬に乗りつつ矢を放ち剣を振るう機動力は兵力としてなんとも心強い。

これならばきっとうまくいく。本来なら周王になるべき宜臼のためにも、あの暴君から周を救うのだと申侯は気負っていた。

鎬京の城壁が見えてきた。犬戎は門の警護を突破し続々と城内へなだれこんだ。

「王宮へ向かうのだ」

申侯が叫ぶ。

しかし馬に乗った大軍は鎬京に入ると四方八方に散りはじめた。そして竜巻のような勢いで破壊と略奪を始めたのであった。

「長、これはどういうことだ。約束が違うではないか」

申侯は真っ青になって長に詰めよった。

「すまないな。道中おとなしくしてたもんだからやつら鬱憤がたまってるんだ。こうなっちゃ俺でも止められない。でも獲物はきちんと仕留めるから安心してくれ」

長は悪びれた様子もなくあっさりと答える。

申侯は体中の力が抜けていくのを感じた。そしてへなへなとその場に座りこんで目の前で起こる光景を呆然と見つめていた。

怒号が響き、犬戎たちの放つ矢がそこかしこに飛び交う。その光景は申侯にある童謡を思い出させた。

「檿弧箕服實亡周國」

申侯は呟いた。

「私が……、この私が周を滅ぼしてしまったのだろうか」

自分の孫が治めるはずだった国が灰燼と化していく。その一部始終を申侯は唇を嚙んで見つめていた。


「誰かある。これは何事か」

尋常ならざる表の様子に宮涅は大声で人を呼んだ。虢石父があわてて駆けてくる。

「け、犬戎でございます。犬戎が襲ってまいりました」

「なんじゃと。どうやって城内に入ってきたのじゃ」

「そ、それが、手引きをしたのは申侯だという話です」

「まことか。やつに機先を制されたということか。よもや異民族を引き入れるとは、なんという卑怯者じゃ」

しかし怒ってばかりもいられない。一刻も早く反撃しなければ王宮の中まで入りこまれてしまう。

「急いで烽火を上げさせよ。兵を集めるのじゃ」

宮涅は指示を出すと褒姒のもとへと走った。部屋にいた褒姒はまだ何も気づいておらず、血相を変えて飛びこんできた宮涅に驚いていた。

「そんなにあわててどうなさったのですか」

「犬戎がこちらへ向かっている。伯服を呼んで身を隠すのじゃ」

「なぜ犬戎がここに」

「申侯が手引きしたらしい。おそらく狙いは我々じゃ」

「犬戎を蹴散らせないのですか」

「今烽火を上げておる。まもなく援軍がやってくるであろう。こちらも宮中にいる兵を集めねば」

褒姒は伯服の手を引き、宮涅と共に宮中の奥へと向かった。

「城内の兵を集めよ。虢石父よ、まずそなたが打って出よ。兵が集まり次第余が後を追う。見事犬戎を追い払えば褒美は思いのままじゃ」

虢石父は今すぐにでも逃げだしたい気持ちでいっぱいだった。周王に取り入っておもしろおかしく暮らすはずが、よりによってこんな事態に巻きこまれるとは思いもよらぬことだった。なんと自分は運が悪いのか。しかし周王の手前逃げるわけにもいかず、嫌々ながら武具を身に着けた。高位高官に就くということは時に重責を担わなければならないことを虢石父は人生の終わり際にようやく気づく。自分は分不相応なものを望み、手に入れてしまった。その対価を命で払わねばならなくなったことを。

戦いの経験はほとんどないに等しい。それが百戦錬磨の犬戎を相手にしなければならないとは、自分に死ねというのと同じである。こんな命令をする王はなんと無慈悲であろうかと、虢石父は宮涅を心の中で呪った。

「こうなったら外に出た瞬間、敵中を突破して逃げるのだ」

しかしそうする暇もなく虢石父はあっという間に取り囲まれ、犬戎の矢の餌食となった。

宮涅が兵を躍起になって集めているところに尹球が血の気を失い駆けこんできた。

「ご報告いたします。虢石父殿が犬戎に射殺されたとのことです」

ヒッという女官の声が部屋に響いた。伯服は恐怖で泣きだしてしまった。虢石父のあまりにあっけない最期がその場にいるものの恐怖を一層掻きたてた。

「援軍はまだなのか」

宮涅がいらついたように怒鳴る。

「それが、何度も烽火を上げておりますのに一向に参りません」

「周の一大事というのに何たることか」

申侯の出した手紙に諸侯は皆賛同したようで、周の上げた烽火を見ても一兵も動かすことはなかった。寵臣に政務を任せきりにし、褒姒に溺れ、揚句に何の過失もない申后と宜臼を廃した宮涅のおこないは、諸侯の心が離れるには十分すぎるほどだった。宮涅はついに諸侯からも見捨てられたのであった。

これでは反撃することはできない。宮涅自身も兵を動かすことには疎く、王宮の中に攻めこまれるのも時間の問題であった。

そこに臣下が一人駆けこんできた。

「裏手に馬車をご用意いたしました。ここはいったん逃げて態勢を立て直しましょう」

一筋の光明が射した。烽火を上げても誰も来ないのであれば、いったん王宮を離れ諸侯に軍を出すよう直接要請に向かえばよいのではないか。兵を集め逆に鎬京を取り囲み、犬戎を一網打尽にするのだ。

「よし、都はいったん捨て国外に脱出じゃ。各国を回り諸侯に出撃を促すぞ」

一行は裏口へ向かい、用意してあった馬車に宮涅が乗りこんだ。その後に伯服が続く。

「褒姒よ、そなたも早く乗るのじゃ」

しかし褒姒は動こうとしなかった。

「どうした、何をしておる」

「私は参りません」

「何を申す。ここにいたら、どんな目に遭うかわからんのだぞ」

しかし褒姒はどこか達観したように静かに口を開いた。

「私はどこか知らないところへ行くのはもう嫌なのです。行くあてもなく転々とするくらいなら、ここで死にたいのです」

褒姒は宮涅に深々と頭を垂れた。

「伯服をお願い申し上げます」

再び頭を上げた褒姒は、初めて出会ったときのような生気のない顔に戻っていた。

「王、参りますぞ」

褒姒を説き伏せる言葉を探す間もなく、馬車は宮涅と伯服だけを乗せて東の方角を目指し走りはじめた。褒姒の姿は次第に小さくなり、そして消えた。

「父上」

震える息子を宮涅は抱きしめる。

「太子よ、お前の母はひどい恩知らずだ。お前と私のために生きようとは言ってくれなかった。つらい暮らしが長かったせいなのか、お前の母は人の心というものをどこかに置いてきてしまったのかもしれん」

走る馬車の中から宮涅は天を仰いだ。

父よ、周代々の王よ。私のしたことに何か間違いがございましたでしょうか。

天は何も答えない。しかし後世の人が彼にその答えを与えることになる。

その後、宮涅と伯服は、鎬京の東にある驪山《りざん》の麓で犬戎に追いつかれついに殺された。

慈愛の王でありたいと願っていた宮涅につけられた諡号は「幽王」。国を傾けた暗君を示す名である。

◆

宮涅と伯服を乗せた馬車が見えなくなると、褒姒はその場に腰を下ろした。

一緒に馬車に乗らなかったのは、突然の敵襲にあわてふためく宮涅を見て、もうこの男は周王ではない、そう気づいたからだ。

烽火台に立ったとき軍勢を跪かせたその力は、もうあの男にはない。ということは自分にとって安住の地であると思っていた周はなくなってしまう。そう思ったからだ。

援軍が来ないということは、諸侯は援軍を送る気がなかったということにほかならない。その彼らが、宮涅が直接訪ねてきたからといって厚く遇するであろうか。軍を差し出すであろうか。

奴隷だったころの体験から褒姒にはわかっていた。人は敗者には冷たいものだと。そしてそれに気づかない宮涅に憤りを感じた。

あの馬車はきっと国から国へさまように違いない。すでに力を失っているものが居丈高に支援を要求したところで、慇懃無礼に断られるのが目に見えるようだ。そして自分にはもう力がないことに気づいたら、平伏して助けを乞うことになる。そうして自分を救ってくれそうなものを探しさまようことになる。それは他人の目に怯え、がんじがらめになって生きる奴隷の暮らしと変わらない。

もうそんな生活に戻るのは耐えられないと褒姒は思う。それくらいならここで死を選ぶ。

「母さん……」

自分は死ぬのだ。そう思ったときに不意にその言葉が口をついて出た。八つのときに死んだ優しい育ての母、そしてまだ見たことのない生みの親のことが心に浮かんだ。思いだした。忘れていた大事なこと。死ぬ前に一度でいいから生みの親に会ってみたかったのだ。もっと前に、まだ宮涅が力を持っていたころに思いだしていたなら、それはかなえられたかもしれない。しかし今となってはもうどうしようもないことである。

人とは不思議だ。見たことがなくても死の間際には親のことを思いだすものなのか。褒姒は自嘲気味に笑った。

結局、力を持ったところで、自分にとって大事なものを手に入れることはついにできなかった。しかしそんな人生ももうすぐ終わらせることができる。褒姒は静かに座りながらその時を待っていた。

王宮がにわかに騒がしくなった。大声や大勢の足音が遠くから響いてくる。どうやら城門が破られたらしい。室内を荒らす音、何かを動かす音、さまざまな音が入り交じり、それはどんどんこちらに迫っていた。

「女がいるぞ」

その声にたくさんの足音が集まってくる。褒姒は満を持して立ち上がった。振り返ると数人の犬戎の戦士が立ちふさがっていた。褒姒は男たちにつかつかと歩みより、そして語りかけた。

「どうぞ殺してくださいな」

女の美貌と予想もしない言葉に男たちはややひるんだ。

「しばらく前からここでお待ちしていました。どうかお願いです。私を殺してください」

男の一人が気を取り直して答える。

「それはできねえな」

「なぜですか」

「女は殺すなと長にきつく言われている。ここであんたを殺しちまったらどんなお叱りを受けるかわかんねえからな」

「では、その長という方に殺していただくようお願いすればよろしいのですね」

男たちは褒姒の態度に戸惑った。逃げ惑う女を捕まえることはあっても、進んで連れていけという女はこれまでいなかった。

「ではさっそく参りましょうか」

その言葉に面食らいながら、男たちは褒姒を取り囲み護送する。褒姒があまりに堂々としているせいか、遠目には公主と従者の一行のようにも見えた。

見なれた王宮の中を褒姒は悠然と歩を進めた。褒姒が通り過ぎると財宝を物色中の犬戎たちも思わずその手を止め見惚れるほどであった。

門を出て王宮の外に出る。両軍の攻防の痕跡が生々しく残っていた。そこかしこに周の兵たちの死体が横たわり、その中には虢石父の姿もあった。つい先ほどまで宮涅と対策を練っていた人間が、物言わぬ骸《むくろ》となっている。

「褒姒」

突然怒りに満ち自分を呼ぶ声に褒姒は振り向く。

申侯がそこに立っていた。

「おまえさえ、おまえさえいなければ」

飛びかかろうとする申侯をその場にいた申の兵が必死で押さえる。申侯が自分を憎む気持ちが痛いほど伝わり、褒姒はぎゅっと唇を噛んだ。申侯だけでなくそこにいる申兵たちの視線も怨嗟に満ちている。申侯に憎まれる理由はわかっているが、兵士たちまでもがあのような目で自分を見ていることが不思議だった。彼らに対して私が何かしただろうか、と戸惑いつつ褒姒と犬戎の戦士たちはその場を後にした。

王宮の包囲を解いた犬戎たちは、死体の転がる中を気にすることもなく略奪をおこなっている。そんな殺伐とした景色の中心に犬戎の長はいた。頭に巻いたくすんだ色の布からは浅黒い肌と黒々とした髪がのぞく。やや細身だが鍛えられた体躯は、馬を操るのに長けたいかにも身軽そうな印象だった。

「長、女を一人捕らえてまいりました」

男たちが連れてきた褒姒の姿に、長と呼ばれた男は上機嫌になった。

「ほう、これはとびきりの美人だな。もしやおまえが褒姒か」

「私をご存じですか」

突然名前を呼ばれ、褒姒は驚く。

「周王が堕落したのは世にもまれなる美女に溺れたせいだと皆言っているからな」

自分と宮涅の仲が世の中ではそのように見られていたことを褒姒は初めて知った。先ほどの申兵たちの冷たい視線にもそれで納得がいった。自分は悪女とみなされている。確かにそうなのかもしれない。今の周のありさまは、自分と宮涅が出会わなければ起こらなかったに違いないのだから。

自分が悪く言われることはしかたがない。しかし自分の知る宮涅と世間が見る宮涅の印象はかけ離れていることには胸が痛んだ。

(あの方はただお優しすぎただけなのに)

褒姒はこのときばかりは宮涅を哀れに思った。

周の人々から疎まれていたという事実。それは褒国から出されたときの状況と少しも変わらない。自分はどこに行ってもその地の人に嫌われ追いだされる定めなのではないだろうか。こんな自分が存在していてもいい場所が果たしてあるのだろうか。やはりここで死ぬ方が自分のためにも世のためにもよい。褒姒は改めてそう感じた。

自分をここで殺してほしい。そう話しかけようとすると、長は褒姒の顔をまじまじと見つめながら不思議そうな表情をしていた。

「おい、誰か叔父貴を呼んでこい」

長が叫ぶとすぐに戦士の一人が駆けだし、ほどなく一人の男を連れてきた。長よりも十歳ほど年長の体格の良い男だった。

「長、どうかしたのか。何があった」

「叔父貴、忙しいところ呼びだしてすまない。ちょっとこの女を見てくれ」

叔父貴と呼ばれた男が褒姒を見て、あっと小さく叫ぶ。

「おい、こいつ、あのとき秦で捕まえた女にそっくりじゃねえか。いったいどこから連れてきたんだ」

褒姒はその言葉にすばやく反応した。

「私にそっくりな方がいるのですか」

やはりな、という顔つきで長が答える。

「ああ、むかし秦を襲ったとき、捕虜の中におまえにそっくりな女がいた。あれは俺の初陣だったからよく覚えている。世の中にこんな美しい女がいるのかと驚いた記憶がある。おまえはあの女にそっくり、というより生き写しだ。年のころから考えるに、おまえはあいつの娘じゃないのか」

褒姒は自分の鼓動がにわかに速くなるのを感じた。

「私は捨て子で、生みの親の顔も名前も存じません。でもそんなに似ているのでしたらもしや……教えてください。その方は今どこにいるのですか」

その問いかけに、叔父貴と呼ばれた男が答えにくそうに口ごもった。

「それが、捕まえて十日もしないうちに逃げられちまった。見張りの話によると、どうやら連れ戻しに来た男がいたらしくてな。追っ手を差し向けたが振り切られてしまったそうだ。どこに逃げたのかはまったくわからん。しかし、我らから逃げおおせるとは、今でも語り草だ」

手がかりは途切れた。しかし実の親かもしれない人間がいたという事実は褒姒の心に光をともした。さっきまで死にたいと願っていたのになんと変わり身の早いことかと自分でもあきれるくらいだった。

今までは自分の親がどこかにいるということには、自分の空想の中のことのような気がしていた。会ったことすらないのだから漠然とした姿かたちしか思い描けない。それが突然「自分に生き写しの女」という具体的な形をとって現れたことで、一気に現実味が湧いたのだ。姿が見えてしまったら追いかけるしかない。まだ大事なものは失われていない。そう思えた。

「その方が住んでいたのは秦なのですね」

長が答える。

「そうだ。だがそこに戻ったとは限らん。俺たちが追いかけてくると思って別の土地に逃げたかもしれん」

そうだとしても秦に住んでいたのであれば、そこに親類縁者がいたはずである。秦に行けば何かがわかるかもしれない。そう考えると褒姒は居ても立ってもいられなくなった。

「長、お願いがあります。私を秦へ連れていってはいただけないでしょうか」

意表を突いた褒姒の言葉にその場にいた全員が毒気を抜かれ、しばらく黙りこむ。

ようやく戦士の一人が呆れたように答えた。

「おまえは自分の立場がわかっているのか。我らの捕虜なのだぞ。おまえをどうするのかはこちらが決めることだ」

しかし褒姒はひるまなかった。

「本当は殺していただくつもりでこちらに参りました。私は赤ん坊のときに捨てられ親の顔も知りません。後宮に上がり寵も得ましたが、それも今やおしまい。もう私には何も残されていないと思ったからでございます。ですが今のお話を聞き、もしや実の親ではと思いはじめました。それを確かめるまでは死ねません。どうかお願いです。私を秦に連れていってください」

「むちゃを言う女だな」

「いいかげんあきらめたらどうだ」

ようやく気を取り直した戦士たちが、褒姒の必死の訴えを一蹴する。

「おもしろい。よかろうよ」

長の発した言葉に、その場にいたすべての者がぎょっとして長を見た。

「連れていってやろうではないか。こんな楽しそうなものはめったに見られないからな」

褒姒の顔が明るくなる。

「ただし条件がある。秦に行ってもお前を解放はしない。我らの捕虜に戻る。それでどうだ」

長の言葉に褒姒は顔をしかめる。

「奴隷になるくらいなら舌を噛み切ります」

「そうしたければそうするがいい。何なら今すぐにでもな」

褒姒は迷った。だがおそらくこの機会を逃せば一生秦には行けないであろう。

「わかりました。お約束いたします」

親を探したいという気持ちの方が勝った。

「よかろう」

長はにんまりと笑った。

「長、よろしいんですか」

一人の戦士が問いかける。

「なに、帰る途中に少し寄り道をするだけの話さ」

褒姒はほっと息をついた。それと同時に体の中にじわじわと満足感が広がっていくのを感じた。

「一つ聞いておく。なぜおまえが捨てられたのかを考えたことはあるか」

突然の長の言葉に褒姒ははっとして首を横に振る。

「子どもを捨てるのは親の勝手な理由があるからだ。捨てるということは死んでも構わないと思っているのと同じことだからな。貧しくて育てられなかったからかもしれないし、その子どもが望まれていなかったからかもしれない。だから親に会えたとしてもおまえが歓迎されるとは限らない。それでもいいのか」

「覚悟しております」

褒姒は強くうなずいた。

「ならば何も言うまい」

長は戦士たちを振り返りたずねた。

「戦利品の積みこみは順調か」

「半分以上片付いたそうです」

「よし、では隊を二つに分けよう。叔父貴、この場を任せてもいいか。俺は一足先に荷を持ち帰る……秦を通ってな」

「わかった。探せばまだまだ何か見つかりそうだし。できるだけ長く居座って周りの国からいろいろ引っ張り出させてもいい」

叔父貴と呼ばれた男は豪快に笑った。

「あまり無理するな。やりすぎて近くの国が兵を出してきたら早めに引き揚げてくれ」

「ああ、様子を見ながらうまくやるさ。戻るのは今の拠点でいいな」

「叔父貴たちが戻ったら別の場所へ移ろう。これだけの獲物だ。売りさばくのに都合のいい場所を探す。くれぐれも気をつけてくれ」

褒姒は二人のやりとりを聞きながら、犬戎の通ったあとには草一本残らない、と誰かが言っていたのを思いだした。

犬戎は田畑を作ることはしないため狩猟や略奪が生業になる。決まった領土もないため、いろいろな地を渡り歩く。そんな生活をしているからだろうか、関中の人間とは考え方がまるで違う。これだけの財宝を手に入れながらさらに引きだそうと画策すること、食事の話をするかのように戦の話をすること、住んでいる場所をあっさりと捨ててゆくこと、こんな人間たちが同じ天の下に存在していることが不思議に思え、褒姒には新鮮な驚きであった。

「俺の心配は無用だ。それよりも長よ。おまえこそ周王の轍を踏むなよ」

「そんなんじゃないさ」

叔父貴と呼ばれた男は長の肩をポンとたたき、笑いながらその場を去っていった。

「さて、おまえは荷馬車に乗ってもらおうか。おい、誰か連れていってやれ」

長が辺りの戦士に声をかける。

「そろそろ出発するぞ」

褒姒は数人の戦士に付き添われ捕虜が乗る荷馬車に乗った。逃げられないようにするためか、褒姒の両隣に二人の若い戦士が座る。

褒姒は周囲を見回した。百台以上はあるのではないかと思われる財宝を積んだ荷馬車、そして捕虜を乗せた数十台の荷馬車が見えた。顔見知りの女官や官吏もいる。よく見ると荷馬車の列を囲むように犬戎の戦士たちが馬に乗り待機している。手に入れた獲物を奪われないよう用心しているのであろう。

「捕虜になった人はどうなるのですか」

褒姒は若い戦士に問いかけた。

「男はほとんど奴隷として使う。女も大概は奴隷だが、美しければよその国へ売ることもある。一族の男の誰かに気に入られれば妻になる者もいる」

わかりきっていたことではあるが、やはり気が重くなる答えだった。しかし秦へ行って親の手がかりを探すまではよけいなことは考えまいと決めた。

「まず西に向かい秦へ抜ける。そこから北の拠点を目指す進路をとる」

長の声が聞こえた。秦へ向かってくれることがわかり褒姒はひとまず安心した。やがて馬や馬車がゆるゆると動きだした。

戦利品を運ぶ犬戎の集団は周の国外へ続く道を走りだした。周でも一番大きなこの通りは褒から来たときにも通った道だった。しかしそのときの風景はまったく覚えていない。あのころは心が凍りついていて景色を見る余裕などなかった。

「こんな道だったのね」

褒姒は独《ひと》り言《ご》つ。あのとき見られなかった景色を目に焼きつけておかなければ、と今は思った。

「褒姒がいるぞ」

突然小道の陰から声がした。その声につられたかのようにあちこちから怒声が聞こえた。

「ざまあみろ」

「二度と戻ってくるな」

皆知らない顔だった。なのに自分の顔や名前は皆に知られている。宮涅の傍らにいたということは、こういう立場にいたということなのだ。権力には、あの烽火台の上で味わったものとはまったく別の面がある。それに気づくこともなかった自分はなんと無知だったことだろう。

だからといって、この怨嗟の声に耳をふさいではいけない気がした。すべて受け入れる覚悟で褒姒は顔をまっすぐに上げ、前を向いた。

「たいした評判だな」

気がつくと長の乗った馬が褒姒の荷馬車の横につけていた。

「お聞きの通りの女ですわ。長、私のような女を捕虜にして大丈夫ですか。私はこれまでいたどの場所からも疎まれ憎まれて追いだされています。私のせいで周もめちゃくちゃになりました。もし私があなた方一族に災いをもたらす女だとしたらどうなさいますか」

「まだ起きてもいない災いのことなど、考えるのは無駄さ」

褒姒の問いに長はあっけらかんと答えた。

「あなた方のためを思っておりますのに」

心苦しそうな褒姒をむしろおもしろがるような様子で長は飄々と言う。

「周にとっておまえは確かに災いの元だったかもしれない。でも俺らにとっては周からお宝を奪えるようにしてくれた福の神だと思うがね」

「私が……福の神」

予想もしなかった答えに褒姒はしばらく目を丸くしていたが、やがてぷっと噴きだし、周りに聞こえるくらいの大声で笑いはじめた。

道端で怒声を上げていた人々はそれを見て仰天した。

「なんという気味の悪い女だ」

「捕られて連れていかれるというのに大笑いをしている」

「我らの罵声にも平気な顔をしていた。気がふれているのではないか」

こそこそと語り合う声がそこかしこで聞こえた。

「そんなことを言われたのは初めて」

楽しげに笑う褒姒に、長は沿道をちらりと見ながら苦笑いを返す。これを見ているやつらは、この女を稀代の悪女としてのちのちまで話の種にするに違いない。そう思いながら。

「もうすぐ周の外に出る。そこからは速度を上げるから、馬車から落ちないようにせいぜい気をつけろ」

そう言い残し、長は疾風のように先頭のほうへと戻っていった。

民家がまばらになり周の城壁を抜けるころ、心なしか顔に当たる風が強くなった。馬の走る速さが増したのだ。

荒れ野で速さを増す荷馬車は大きく揺れる。褒姒の結い髪は崩れはじめ、髪飾りが落ちそうになる。褒姒は目の前に重そうにぶら下がっている髪飾りをはずし、荷馬車の後ろに積んであった宝物の山に無造作に放りこんだ。髪を結わえた紐をほどくと、風が地肌をなで、真っ黒な髪が舞う。経験したことのない速さに揺られながら、刻一刻と自分の求めるものに近づいていることを感じ、褒姒の頬は自然と緩む。

馬と荷馬車の一団はどこまでも続く赤茶色の大地を、西を目指し駆けぬけていった。

終

著者プロフィール

中村 円香（なかむら まどか）

1967年、群馬県生まれ。
慶應義塾大学文学部史学科卒。

傾城異聞

2021年 2 月15日　初版第 1 刷発行

著　者　中村 円香
発行者　瓜谷 綱延
発行所　株式会社文芸社
〒160-0022　東京都新宿区新宿1－10－1
電話　03-5369-3060（代表）
03-5369-2299（販売）

印刷所　株式会社暁印刷

ISBN978-4-286-22218-9